ヤマザキマリ

人類三千年の幸福論

ニコル・クーリッジ・ルマニエールとの対話

集英社

Contents

人類三千年の幸福論

ニコル・クーリッジ・ルマニエールとの対話

Prologue

人類三千年の旅への招待状

ヤマザキマリ

アリやハチのように単独での生存が叶わず、群れを一つの大きな個体として象る習性を持った生物を〝超個体〟または〝超有機体〟という。群れを大きく膨らませ、一塊のポテンシャルを形成する生き物といえば、他にもムクドリやイワシが思い浮かぶし、羊や牛など偶蹄類の多くもまた群れを巨大生命体と見せかけて行動する生き物だ。

我々人類もまた群生の社会的生物だが、自分や友人たちを参考にする限り超個体といえるほどのまとまりがあるように思えないし、アリやハチと違ってたとえ群れから外れてしまっても、個体としての生存は不可能ではない。例えばアルセーニエフが記した極東ロシアの猟師デルス・ウザーラは家族という最小の社会単位さえ失い、完全な単体状態で生きている人間だ。とはいえデルス・ウザーラは特殊な例である。人類は本来集団生活を営む群生の生物であり、状況によってはどんな群生の生物にも負けないくらい威圧的な超個体を成すことがある。

北朝鮮のマスゲームしかり、サウジアラビアのメッカに集まるイスラム教の巡礼者しかり。バチカンの聖ピエトロ広場で法皇の祝福を求めて集まるカトリックの信者たちに、サッカーのW杯の試合会場やミュージシャンのコンサートホールに集まる観衆。戦争に出兵する軍隊も俯瞰で見れば一つの偶像や目的に対して意識を一体化させた立派な超個体である。

人類は共同体や儀式、そして思想に帰属する必要性を持ち、自らに潜在する群生としての性質を、こうして無自覚のうちに稼働させながら生きている。そもそも国家というもの自体が超個体であり、巨大な力を蓄えるために余計な知性の抑制を図って民衆の一律化を目論む社会や独裁的な人間は、古代から今に至るまで、どんな時代にも存在し続けてきた。地球の生態を偵察しにきた宇宙人からしてみれば、手段や形態がどうであれ、ハチやイワシや羊とヒトは同じ括りの生物に見えるだろう。更に分析を進めていけば、人類の社会性を司るものの特徴に、〝表現〟という手法が用いられていることに気がつくはずだ。

本著で私と対談を交わしているニコル・クーリッジ・ルマニエールさんは宇宙人ではないが、表現という人類が用いる行動に対して特異な好奇心を抱き、日本が生んだ漫画文化に着目し続けてきた人物である。二〇一九年にはロンドンの大英博物館で開催された大規模な日本の漫画の展覧会にキュレーターとして携わった。漫画はライブコンサートのように、一つの共有空間で顕在化した支持者の群れを形成するわけではないが、不特定多数の読者の意識に大きな影響力を与えるエンタメの真正である。そして、私たち日本人の精神生活に漫画文化は漏れなく浸透している。

イギリスの大英博物館は人類が築いてきた文化の軌跡を保管し、そして展示する施設だが、ニコルさんがナショナルギャラリーのような美術館ではなくこの巨大博物館での開催を決めたのは、漫画という文化を、日本だけではなく世界的規模における社会現象と捉えているからだ。実際、博物館内に陳列されているロゼッタストーンやメキシコで発見された製作年不明のクリスタルスカル、エジプトのミイラに古代ギリシャの神殿を飾ったエルギンマーブルは、どれもみな民衆を統括するために行われた儀式や神事、そして政治力として使われてきた軌跡としての展示物である。

ちなみに私はこの大英博物館の「マンガ展」に、当時連載をしていた『オリンピア・キュクロス』という、古代ギリシャと日本を舞台にした作品を展示して頂いた。この漫画の主人公は古代ギリシャ世界で高い需要のあった壺絵の絵師兼アスリートの青年だが、作品のコンセプトはなぜ人類は表現を必要とするのか、なぜ生き延びていくために芸術や運動といった興行が必要不可欠であり続けてきたのか、というものだった。その理由を漫画の中で見つけ出せたかどうかはわからないが、漫画が展示された大英博物館という存在そのものが、その問いに対する大きな回答ともいえるだろう。

ホモ・サピエンスという生態が世界のいかなる環境にも適応し、想像力や知恵を駆使しながら繁殖し続ける中でどういった社会を築き、そのためにどのような代償を払ってきたのか。博物館という施設は人間という種族の特性や性質をあらゆる角度から顧みるための塚のようなものであり、良質の群生であるための示唆の宝庫なのである。そして文明は、他の生物のように本能のみで生きることを許されなかった人類が、様々な苦悩や困難に挫けず生きていくために奮闘してきた証であり、今を生きる我々の知性にとって欠かせない大切な栄養素なのである。

思想家エドガール・モランは地球を「生命圏の胎盤」とあらわし、パスカルは「人間は考える葦（あし）である」という言葉を残した。それを合体させて人間を「地球という胎盤につながった考える葦」と捉えると、普段は嫌気がさすだけの人間や人間社会に対してたちまち肯定的な好奇心が呼び覚まされる。ニコルさんと会話をしていると、いつも無条件でそんな気持ちに満たされるのである。

二〇二三年一月

ヤマザキマリ

（東京・等々力の自宅にて）

Dialogue

ヤマザキマリ×ニコル・クーリッジ・ルマニエール

失敗や破綻は
すべて過去に書いてある

第一章

人類三千年の知性に刮目せよ困難なときほど

文化の事象としての漫画

ヤマザキマリ（以下**ヤマザキ**）　ニコルさん、お久しぶりです。二〇一九年に大英博物館で開催された「マンガ展」では、大変お世話になりました。何といっても、あの大英博物館で漫画の展覧会が開催されるなんて画期的だったし、前代未聞のこと。私の作品『オリンピア・キュクロス』も展示していただきましたが、現代漫画の祖先ともいわれる浮世絵から手塚治虫などのレジェンドたち、そして現代の人気漫画家たちの作品を一つの日本の文化として紹介してくださった意義は、とても大きかったと感じています。

ニコル・クーリッジ・ルマニエール（以下**ニコル**）　三か月で十八万人もの人たちが訪れて、大英博物館の企画展としては過去最高の動員数を記録し、最も成功した展覧会の一つとなりました。もともとの漫画ファンにはもちろんですが、そうではなかった人たちにも漫画の魅力が伝わったようです。展覧会で紹介した漫画の人気が一気に上がりました。

ヤマザキ　日本学研究者にして大の漫画通のニコルさんだから、このようなとんでもない企画が実現できたのだと思います。でも、日本の出版社が漫画界をすべて牛耳っている中で、そのハードルを越えていくのは相当な苦労があったんじゃないですか。

ニコル　正直、ものすごく大変でした。漫画の編集者ともアーティストとも直接コンタクトが取れないし、どこにどう連絡を取っていいのかわからなくて、最初は本当に困りました。いろんな人にアドバイスをいただいて、少しずつルールがわかるようになりましたが、私が最初にアプローチした漫画家に会えるまで一年以上かかりました。難しかったのは日本の漫画界事情だけではありませんでした。大英博物館の展示企画に対しても、日英両方の関係者から「漫画は壁で見るものではなくて、手に取って読むものだよ」と、批判的に言われたこともあります。

ヤマザキ　わかります。例えば私の漫画が海外版で翻訳される場合、まずフランスの出版社が声をかけてくるのですが、その後にイタリアやスペイン、そしてアジア圏の出版社が反応する。でもイギリスで翻訳出版されるケースは今のところありません。内容によってはドイツというのもありますが、ゲルマン系、アングロサクソン系の国は、それほど漫画の翻訳に積極性がないような印象があります。

ニコル　それは当たっていると思います。だからこそ、マンガ展をイギリスで、しかも大英博物館でやりたかった。でも、ふたを開けてみたら、ぞくぞくと人が押し寄せたわけだし、苦労した甲斐（かい）がありました。どちらかといえば、イギリス人の漫画への関心が薄いというよりも、いい作品が英訳されていないことが大きな原因だと思います。

ヤマザキ　今、ニコルさんが「漫画は手に取って読むもの」と、展示企画に抵抗を持つ人がいたという話をしたけれど、私は、逆に大英博物館だから、ああいう展覧会ができたのではないかと思っています。大英博物館というのは、人類が生み出してきたあらゆる文化をアーカイブする場所です。だから漫画も本来の漫画という次元をちょっと離したところで見た、日本という地域で栄えた文化の一つの現象、いわば文化人類学的な意図のある展示なのではないかと私は受け止めました。

これが、例えばナショナルギャラリーやルーヴル美術館での開催となると、少しニュアンスが違ってくると思うんです。ルーヴルの場合、漫画も芸術というカテゴリーでの表現作品としての焦点が当てられているというか、美術品という側面に比重が置かれる。実際「No.9」というルーヴル企画のマンガ展は、絵画や音楽などに続き、九番目の芸術として認知された、という主旨で実施されたものでした。しかし、大英博物館の場合は、読むために飾るのではなく、人間が起こした事象、出来事、文化として俯瞰で見るための展示です。漫画をそのような視点で捉えられたところが、さすがニコルさんだなと思いました。

ニコル　マンガ展の会場になった展示室から二分くらい離れたところに、ロゼッタストーンがあったんです。あれは三次元のものですが、まさに「文化を読む」という共通点で結ばれていたんですね！

ヤマザキ　そうでしたね。ロゼッタストーンと並んで日本の漫画が展示されるなんて本当にすごいことです。あのような経験は今後も滅多にできないでしょうから、とても嬉しかったです。

ニコル　古代ギリシャ、古代ローマ、古代エジプトの展示物の隣に漫画が展示されている空間って、すごく刺激的でワクワクしました。まさにヤマザキさんの『テルマエ・ロマエ』じゃないですか。

ヤマザキ　そうですね。昔のものと今のものをつなぎとめる——美術館は、時空の価値観を変えますよね。美術館というのは、私たちが作った時間の概念を払拭するところだと思う。人間が、どの時代にどんなものをつくったとしても、その時間は関係ない、簡単に飛び越えられるということを実感させてくれる空間でもありますからね。そういう感覚にさせてくれるような場所は日常生活の場面ではなかなかないし、美術館という特殊な場所でしか可能にならない。その意味で大英博物館でのマンガ展は、改めて時空を超えた価値というものを私たちに教えてくれたと思います。

新しい視覚言語としての漫画

ヤマザキ　日本を専門とする美術史家でもあり、キュレーターとして様々なアートに関わっているニコルさんがそこまで漫画に情熱を注ぐのは、何故（なぜ）なのか。そこにとても興味があるのですが、そもそも漫画を好きになったのには、何かきっかけがあるんですか。

ニコル　漫画は、十代の頃から私の精神的な避難場所でした。一日の終わりに漫画を読むのが楽しみで、漫画の単行本を手にすると、夜が更けるまで時間を忘れてしまう。とくに歴史漫画やＳＦ漫画が好きで、想像力豊かなひねりや、予期せぬ展開があると夢中になります。歴史漫画は、正確な史料にあたったものに惹かれます。だからヤマザキマリさんの漫画に出会ったときは、もう私の好みドンピシャで。面白くて、十代の時のように時間を忘れて読みふけってしまいました。

ヤマザキ　それは光栄です。

ニコル　漫画の何が魅力的かというと、人間の持っているすべての感覚を必要とするからです。五感すべてをまき込んでストーリーに参加できる。それが漫画の醍醐味です。例えば、ヤマザキさんの『オリンピア・キュクロス』で、主人公の古代ギリシャの青年デメトリオスが、仕事場の外にある大きな陶器の甕の中に入り込み、絵師を目指す自分が村のために競技会に出て戦うべきか否かを悶々と悩む場面がありますよね。

ヤマザキ　第一巻の最初ですね。

ニコル　はい。あの場面がとても好きなのですが、このシーン一つとっても、ものすごく五感を刺激されます。デメトリオスがもぐり込んだ甕の外では、ゴロゴロと雷が鳴り響き、叩きつけるような雨が降っている。その中で、デメトリオスは膝を抱えて煩悶している。それを見ている私たちにも、彼の不安がいろんな感覚を通じて伝わってくる。大地に落ちる不穏な雨音、弱火で焼いた素焼きの甕の匂い、甕のひびから入り込む雨の湿り気、稲妻の閃光……すると次の瞬間、デメトリオスの入った甕に雷が落ちて、一九六四年のオリンピックに沸く東京にタイムスリップしている。そこで時空間がバンッと広がることで、読者の視野も否応なく広げられ、デメトリオスとともに歴史の旅人になっていく。

この感覚は、大ヒットした『テルマエ・ロマエ』も同様です。ローマ五賢帝の一人であるハドリアヌス帝の時代から来た、主人公のルシウス・モデストゥスの目を通して、歴史的パラレルの中でユーモラスに現代日本の姿を捉え、その良さも悪さも浮き彫りにしています。

私がヤマザキ作品を好きなのは、ウイットに富んだストーリーラインや絵の技術だけでなく、やはりヤマザキさんの人間性と、人類三千年の軌跡に対する深い理解と敬意があるからなのだと思います。娯楽として読むこともできるし、歴史の時空を超えて、同じ人間の経験として共鳴することもできる。いつの時代にもその時の常識を超えて先に進もうとしてきた、人間の本質に迫ることができるんです。その意味で、漫画は新しい視覚言語だと私は考えています。Instagram や YouTube をあげるまでもなく、社会が意味の伝達手段として、言葉からイメージへと移行するにつれて、漫画は将来のコミュニケーションの普遍的な形態になるんじゃないかと思っているんです。米国における二〇二一年の紙媒体の漫画の売り上げは、前年比で一六〇％増加し、二四四〇万部が販売されました。漫画は急速に国際的になっていると同時に、歴史を学ぶ方法として圧倒的な有効性を証明しつつあります。

ヤマザキさんの作品は、現代版ホメーロスの『オデュッセイア』ですね。壮大な歴史を背景に、語り手が人間臭くてとても魅力的だし、過去から多くを学べるという示唆に富んでいる。ヤマザキ作品によって、まさに三千年の人類の歴史の重要性を伝える、「物語り漫画」の時が来たんじゃないかと私は思っているんです。

ヤマザキ　『テルマエ・ロマエ』に関していえば、若いうちから時代の遺構が渾然一体となったイタリアに移り住み、その後中東などでの暮らしを経てきた経験によって生み出された結果だと捉えています。古代ローマ研究の学者が、「『テルマエ・ロマエ』は古代ローマ時代の浴場文化に関する研究論文だ」と言っていたことがありますが、確かにあの作品には私がフィレンツェの美術学校で学んできた美術史に関する教養や、その後エジプトやシリア、そしてイベリア半島に及ぶ地中海世界の随所での暮らしで得た様々な経験が集約されている。シリアの古代遺跡に普通に暮らしているベドウィンに出会ったとき、時間の受け止め方の差異を強烈に感じましたが、自覚もないまま自分の中にアーカイブされ続けてきたそうしたコンテンツが、たまたま漫画という形として現れたら、あのような作品になった。それと、私が日本生まれの日本人として、子供の頃からどんな内容であろうと漫画での表現は叶うということを知っていたことも大きいと思います。

ほぼ同時代に異文化に接近

ヤマザキ　ところで、ニコルさんのご専門は、日本学研究の中でのどのあたりを中心とされているのでしょうか。

ニコル　考古学から始めて美術史、特に視覚芸術、物質文化に注目をしてきました。一つのものに集中するというよりも、とにかく好奇心の赴くまま、いろんな研究に首を突っ込んできた感じです。子供の頃から、ちょっと気が強くて、自分の道を歩きたいと思う質で。禁止されていたり、危ないといわれているところに限って、余計行ってみたくなる（笑）。

ヤマザキ　全く私も同じです。禁止区域というのは、乗り越えていく為にあると子供の頃から思っていましたから（笑）。

ニコル　その傾向が強くなったのは、十代でひどい車の事故に遭って、首や背中に重傷を負って、結構辛い時期を過ごしたことがきっかけでした。それでせっかく生き残ったんだから、あとの人生は自分の好きなことだけをやろうと決めたんです。

ヤマザキ　とってもよくわかります。実は私も、ニコルさんほどではないにせよ、かつて交通事故で大怪我を負ってしばらく入院生活を送りましたが、あれからなお一層危険区域や無謀な旅に出る傾向が強くなったように思います（笑）。自分で納得のいかないことを一方的に規制されることへの不快感というか、圧迫感からさらに解放されたくなった。何が危険で何がそうではないのかは、自分自身で判断したいわけです。

ニコル　ハーバード大学に入学したときには、最初はネイティブアメリカンの研究など文化人類学をやっていたんですが、途中から考古学に舵を切って発掘三昧でした。アメリカ、オランダ、イギリス、フランスのマルセイユでも発掘に励んで、その後日本に辿り着いたんです。成田空港に降り立った瞬間、なぜか「ただいま」という気持ちに満たされた。その時は日本語も全然しゃべれなかったのに、不思議なことにこれから日本が私の研究の基盤になると確信したんですね。

ヤマザキ　それは何年のことですか。

ニコル　一九八三年です。

ヤマザキ　それもクロスしてる。私がイタリアでの留学を始めたのは一九八四年だから、お互いほぼ同時期に異文化に首を突っ込んだわけですね。

ニコル　似てますね（笑）。日本で勉強することになって、私は主に桃山から江戸時代にかけてを中心に研究しました。日本だけでなく、私は世界史における十五、十六、十七世紀について関心があります。なぜなら、世界全体がお互いに関わり合いながら動いている時代だからです。日本もその時期には、中国、朝鮮半島、西洋からも影響を受けて文化が動いています。一つの文化を研究すると、そこからいろいろな文化と文化の出会いが見えてきて、それが非常に面白い。

ヤマザキ　文化の境界線は実に刺激的ですよね。予定調和や既成概念が崩される瞬間でもあり、それと同時に構築される知への欲求に引きずられる感覚がたまりません。

ニコル　文化と文化が混ざり合うところには、必ずつなぐ役割を持つ人物がいるんですね。大学の卒論は江戸をやりたかったんですが、私の先生が大森（おおもり）貝塚をやりなさいと言うので、いきなり縄文になったんです。それでもその研究で面白い出会いがありました。ご存じのように、大森貝塚は、エドワード・シルベスター・モース（一八三八〜一九二五年 アメリカの動物学者）が発見、発掘したもので、彼は日本の考古学に非常に貢献した人ですが、それ以外にも文化の交流に重要な役割を果たしているんです。ヤマザキさん、松木（まつき）文恭（ぶんきょう）という人を知っていますか。

ヤマザキ　モースについては学校の教科書でも学ぶので知っていますが、松木文恭は知らなかった。明治時代の方ですか。

ニコル　ええ。松木は、一八八八年に渡米してモースと知り合って、それ以来、モースの愛弟子（まなでし）として日本の美術を世界に紹介する美術商になるんですね。モースも日本の美術をとても愛していたので、松木とモースは互いにサポートし合うようになります。松木は日本と中国の陶器や磁器、青銅製品、版画、掛物、屏風（びょうぶ）などを買い集めて、モースの収集活動にも貢献しました。日本画家の小原古邨（おはらこそん）（一八七七〜一九四五年）を世界に紹介したのも松木です。そういう意味で、東西の美術観をつなぎ合わせる役割を果たしたともいえる。

ヤマザキ　なるほど、美術商人であり、収集家でもある。そのような資本の投資をしていたということは、日本人としてはかなり前衛的な考え方をする方だったんですね。

ニコル　アバンギャルドですよ。美術関係だけでなく、日本から来た舞踊家や演劇人など、多くのアーティストもサポートしたし、自分が関心を持った日本のアーティストたちもアメリカに呼んで、まさに文化の交流点となっている。旧松木邸は、私が住んでいるマサチューセッツ州マーブルヘッドの隣町・セーラムにあるんですが、私は今、その保存活動をしているんです。

文化における収集家の力

ヤマザキ　今、美術商の松木文恭さんについて伺っていて改めて思うのは、各国の文化において、いかに収集家の力が大事かということです。東京国立博物館＝トーハクは、一八七二年に創設された日本最古の博物館ですが、ここには展示室に出しきれない膨大な数のコレクションがあるそうなんです。なので、確か数週間だったかのルーティンで展示物を入れ替えていると言ってました。

ニコル　ポンペイ展をやっていましたね（二〇二二年一月十四日〜四月三日に特別展「ポンペイ」を開催）。

ヤマザキ　はい。でもあれは特別展ですから、これは常設展示がなされている本館の話です。二〇二二年の暮れには、トーハクの国宝を一挙に展示しようという企画もありましたが、この博物館が創設された当時のことを以前少し調べてみたんです。トーハクの設立というのは、もう大変な国家事業だったわけですね。幕末を経て明治維新というものがあり、日本も西洋の列強の国々と肩を並べて対抗していくべきだという思想が発生し始めた。世界を見れば、ロンドン、ニューヨーク、パリと、主要都市には必ず大きな博物館や美術館が主要な文化施設と一緒に同じ敷地内に建っている。まずはそれを真似(まね)

なければと、慌てて造ったのが東京国立博物館だった。西洋式の文化を取り込むことで列強との価値観を共有したいという焦りが、そんな大事業をもたらした。

でも、ひとまず箱は完成しそうだけれど、内容をどうしようか、という問題と向き合うわけです。それで、津々浦々人を手配して、日本全国の民間の収集家に「今度できる博物館に展示させてください」と頼み込んで、様々な物品を預かった。今のトーハクにあるコレクションはそうやって集められたものなんです。この経緯を振り返ってみても、収集家という存在がどれだけ大事かということを痛感させられます。国の所有物というレベルで収集したところで限度はある。個人による収集のように自由で多様なものにはならないわけですね。松木文恭さんの名前は一般的な認知度は低くても、彼のような方の力が本当に大きかったのだなと思います。

ニコル　おっしゃるとおりだと思います。ただ、松木は精力的に活動していましたが、いつもお金の必要に迫られていたようですよ。

ヤマザキ　確かに先立つものがなければ収集なんてできませんからね。何はともあれ、美術品を見せることによって、多くの人が文化の多様性を共有することができる。これは大事な仕事です。だけど、嗜好するものを集めたくなるコレクションという煩悩とそれをお披露目したいという欲求による奔走は、今ニコルさんや私がやっていることとはまた別の稼働力によるものですよね。人様に見せたいという意味では同じ方向性ではあるけれど。

ニコル　はい。収集は文化への貢献もあるけれど、同時にビジネスでもありますからね。トーハクや大英博物館は違いますが、メトロポリタン美術館の場合は、様々な人のコレクションを購入して展示するんですが、大体五年くらい持って、お金持ちのコレクターなどに売却することも多いんですよ。

ヤマザキ　美術館の収集品を売るんですか（笑）。

ニコル　そうです。で、あらたに欲しいものを買う。完全にビジネスで成り立っている。収集といえば、ヤマザキさん、英国王室の日本コレクションを知ってますか？

ヤマザキ　英国王室の日本コレクション？　全く知りません。

ニコル　これが大英博物館のコレクションに匹敵するような、立派なコレクションなんです。陶器とか漆器とか掛物とか、全部目録に記録されていますが、すごいコレクションです。面白いのは、ちょっとお金が必要になったりすると、女王や王様が一部を売っちゃうんですよ。

ヤマザキ　やっぱり売り捌(さば)くのか（笑）。そのコレクションはそもそもどのようにして収集されたのですか。

ニコル　最初にコレクションに入った日本のものが、一六一三年の徳川秀忠コレクション。完璧な鎧などが揃っています。（オンライン画面で図録の鎧を見せる）これ、格好いいでしょう。

ヤマザキ　なんと、これは素晴らしい。

ニコル　エリザベス一世が亡くなった後、日本との交流を望んで、イギリスと日本との間で贈り物を交換したのですが、その中に含まれていたものです。三浦按針（一五六四～一六二〇年　ウィリアム・アダムス。江戸時代初期にオランダから日本に漂着したイギリス人航海士）を通して、東インド会社などを使ってこの交換が行われました。

ヤマザキ　東インド会社は手広いですねえ。てっきり香辛料やお茶の貿易に特化していたかと思ったら、そんなものまで取り扱っていたなんて。

ニコル　さらに興味深いのは、ジェームズ一世の親族が、ロンドンに焼き物の工房を持っていて、そこでオランダのデルフト焼きを作って、まあそれほど質はよくはないんですが、秀忠にプレゼントしているんです。それが今でも日本に残っています。

ヤマザキ　デルフト焼きの陶器って、青い塗料で模様を描いたものですよね。新しいものですけど、我が家にもお皿が何枚かあります。古いのはとんでもない値段がついてますからね。しかし、あの陶器が当時の日本にあったということは、古来からある焼き物の絵付けに影響を及ぼしたりもしているわけですよね。

ニコル　そう思いますよ。私の主たる研究対象は有田焼ですが、当時の磁器とか、鍋島藩の倉庫に割ときれいに残ってるんですよ。出島を管理していた鍋島家は、貿易のことをよくわかっていて、陶器や磁器のサンプルをあちこちから集めて、有田焼を作るときの参考にしていたようです。

美術品交易は人の脳を活性化させる

ヤマザキ　交易による美術の触発によって文化が著しく発展するという傾向は、古代地中海世界からすでにあったことです。もちろん交易の本質は経済的な利益のためではありますが、お金の取引とは別に文化に貪欲になることは別に悪いことではない。お金を儲けたいという人の業が良い形で作用することで、そこから思いがけずお金には代えられない文化が生み出される。貿易というのは単なる利益や資本の活性化のためにあるのではなく、文化交流にとっても多大なる影響をもたらしていたわけですよ。お金があれば、文化もまたエネルギッシュに活性化する。古代にしても全く同じです。

私はシリアのパルミラ（ローマ帝国支配時代の都市遺跡）を舞台にした漫画を二作品ほど描い

てるのですが、ご存じでしょうか。

ニコル　すみません、まだ読んでなくて。

ヤマザキ　一つはニコルさんもご存じの『プリニウス』で、もう一つは二〇一六年に、先述したルーヴル美術館で漫画が「第九の芸術」として認められたときの特別展のために発表した「美術館のパルミラ」という、ノンバーバルの、絵だけで表現した作品です（本書一七七〜一九三ページに掲載）。パルミラの主要な遺跡がイスラム国（ＩＳ）によって破壊された後、二〇一五年にＩＳによって殺された考古学者ハレド・アサド氏へのオマージュとして描きました。アサド氏はパルミラ研究の第一人者だったんですが、ＩＳにもっと遺品のある場所を教えろと言われ、それをかたくなに断ったために公開処刑されてしまったとされています。

かつてパルミラはユーラシア大陸の東と西を結ぶ隊商都市として、運搬される多様な品々はもちろん、あらゆる言語と文化、風俗、宗教、倫理が出合う文明の交差路でもありました。『プリニウス』で描いたパルミラのエピソードで、屋台の商品を盗んで捕まる少年というのが出てきます。それを見ていたローマ人は同じことを繰り返さないように何か罰を与えねばと言うし、また別の民族は盗んだものの金額を利子をつけて払わせろと言う。盗みという一つの罪をとっても、人種や宗教の考え方や倫理が全く違うので一向にらちが明かない。最終的には、被害者である漢方薬の店の中国人の主人が決めるべきだということになり、その主人は、じゃあ、おまえが取った分だけこの店のために働け、ということになる。そのジャッジに対してローマ人は納得のいかない顔をする。

文化や宗教が常に流動し、入り混じるパルミラのような隊商都市では、こうしたことがたびたび起こっていたと思います。考え方や価値観の多様性を受け入れて、物事は自分が考えているようにはならないということを覚悟していなければ、商売も取引も成立しない都市だったと思うんですよね。

ニコル　読みたい……。

ヤマザキ　シリアは以前住んでいたこともあって特別な思いのある場所なんですが、実際パルミラに行くと、遊牧民の子供たちがうろうろしていて、みんな遺跡の上に乗っかったりして遊んでいるんです。彼らには遺跡の価値というのがない。要するにそういう教育を受けていないわけです。「美術館のパルミラ」では、遺跡で遊んでいる遊牧民の子供の前にハレド・アサド氏が現れ、遺跡を粗末に扱っちゃいけないと諭していると、突然砂塵(さじん)が舞い上がる。すると子供の眼前に昔のパルミラが再現されている。そこはあらゆる人種のるつぼで、あらゆる人種の商人が行き交い、商売を行っているわけです。中国人は絹織物の売買、どこか別の国の人が貴金属。傍(そば)ではインド人が象の面倒を見ている。いつも何気なく遊んでいた場所が、かつてはすごいところだったと知って少年は圧倒されます。

パルミラにはギリシャ・ローマの神々、ゾロアスター、ミトラ、イシスといった各地域で信仰されている様々な神が祀（まつ）られていました。イスラムの世界観しかなかった少年は、かつてこれだけの神様が祀られていたのだということを知って、それにも衝撃を受ける。民族衣装をつけた美しいパルミラの女性に心を奪われていると、遠くから母親が自分を呼ぶ声が聞こえて、急に現実に引き戻されます。その後シリアでは内戦が勃発、アサド氏は殺害されて亡くなり、パルミラも粉砕され、成長して青年となった少年は難民としてヨーロッパに渡るんですが、その後にルーヴルを訪れるわけです。目的は、ギリシャ・ローマセクションに陳列されている、パルミラの彫像群。そこには、あの一瞬の過去の旅で出会った美しい女性そっくりの胸像があり、彼はそこで再び自分の失った故郷を取り戻す、というストーリーです。

ニコル　……泣きたい。もう最高。

ヤマザキ　先日、奈良の橿原（かしはら）考古学研究所での講演会でこの漫画をモニターで映して紹介したんですが、前のほうに座っていらしたシリア大使から、泣きそうになったと後から伝えられました。パルミラのあの素晴らしい遺跡群の大部分はもう記憶の中でしか存在しませんが、ルーヴルに行けば彫像は残されている。この漫画では美術館という施設の重要性を強調したいという意図もありました。美術館はこうした人間の蛮行から大事なものを保管する場所であり、特例ではありますが、この漫画の主人公のような故郷を失った人々の魂を救うという意味でも、とても大きな役割を持っているのではないかと思うのです。

ニコル　ヤマザキさんも、ルーヴルとは別の形で、漫画の世界にパルミラを残したということですよね。シリアの方たちが感激した気持ち、よくわかります。漫画の中に自分たちの失われた故郷の物語が再現されたわけですから。しかも彼らの故郷の歴史をちゃんと理解している人が描いている、ということが大事。

ヤマザキ　はい。ハレド・アサド氏とは面識がないんですが、現在フランスに在住されている、やはり考古学者の息子さんにはこの漫画を送りました。しばらくしてから、橿原考古学研究所の先生経由で、息子さん夫婦が漫画を手に取ってこちらを向いている写真が送られてきました。

「私利私欲」が芸術を発展させる

ヤマザキ　ニコルさんと文化の接点における美術の話をしていてしみじみ感じるのは、結局のところ経済が回らなければ、美術に対しての志や価値観も発生しないということなんですね。

今回のパンデミックの影響のように経済が停滞してしまうと、行動範囲も視野も考えることもどんどん狭窄的になってしまい、美術と向き合える心のゆとりも喪失されますし、周りがやはり禁欲的にしているとそういう世界に踏み込む積極性というのも萎えてしまう気がします。お金がないということは潰しが利かないことは試みない、質感のある見返りが保証されないようなことは試さない、という姿勢を強制していくようになりますから、そうすると、旅行もしたくなくなるでしょうし、芸術のような精神世界に対しての好奇心も簡単には湧いてこないでしょうね。私はこういう傾向をメンタリティーの省エネと形容しています。

いっそ、終戦後の焼け野原の東京であれば、失うものがない人たちが奮起して、あれこれ新しい試みに挑むのだろうけど、とにかく苦境と向き合わされても、精神を満たす術としての好奇心を失わないようにするにはどうしたらいいか、ということですね。

ニコル　それはすごく大事。禁止区域に行ってみたいという好奇心ですね。結局、英国女王のコレクションも、美術商や収集家たちのコレクションも、お金の力と他国への尽きない好奇心のなせるわざですから。

ヤマザキ　貪欲さや業は好奇心の起爆剤になりますからね。

昔、フィレンツェで貧乏学生をしていた頃は、なぜ芸術を志しただけでこんな辛い思いをしなければならないのか、芸術家だって衣食住を保障されるべきなのになんて不条理なんだ、と創作と経済の結びつきに対して猛烈な反感を抱いていましたが、それこそフィレンツェはメディチ家のような富豪が膨大なお金を使って芸術へのエネルギーを稼働させていた都市なわけで（笑）、今更そんな場所であんな腹の立て方をしていた自分をしみじみ若かったなと顧みてしまいます。

ニコル　お金が回らないと好奇心も動かない。好奇心が動かないと経済も回らないという悪循環ですね。これはもう世界的にそうなっていると思います。学芸員の給料も安いし（笑）。

ヤマザキ　思えば、金融業者メディチのパトロネージとしての活躍が盛んになるのは、百年戦争や一三五〇年代の黒死病の後になってからです。社会が脆弱になっていた時代に、いわば破綻した銀行の代わりに新興のメディチがどんどん頭角をあらわし、二代目のコジモから芸術家にお金を投資しまくった。尼さんと駆け落ちしたエロ修道士フィリッポ・リッピのような画家のパトロンとなり、自分の美人妻をモデルにしたアイドルブロマイドのようなマリア像を描かせて一世風靡していくわけです。その孫であるロレンツォの代になると、そのフィリッポ・リッピの弟子であるボッティチェリに、何百年もの間タブーだった女性の裸体を〝ギリシャ・ローマの復興〟という名目のもとに描かせる。教皇に牛耳られた狭窄的なモチーフの絵画に飽き飽きしていた民衆は、見たこともないエキサイティングな作品に皆胸をときめかせるわけです。これでメディチは一気に名声を高め、同時にフィレンツェで展開される芸術作品のクオリティも相乗効果でどんどん高まっていった。お金が文化に画期的な改革をもたらすことが立証された。

黒死病パンデミックの頃、あちこちで戦争や動乱が起こり、銀行が破綻していたあの時代は、今に重なるものがありますね。百年前のスペイン風邪パンデミックと第一次世界大戦で破綻しかけていたドイツからヒトラーが生まれたことも含め、パンデミックの発生は人間社会を大きく揺るがすことになる。

問題はこの後です。パンデミック収束後、はたして枯渇したメンタルの穴を埋めてくれるメディチのような、文化と経済と政治を巧みに融合させて操るような存在が出てきたら、もしかすると芸術の動きも今よりずっと活性化するかもしれない。お金があるから宇宙へ行こう、という自己顕示欲が旺盛で利己的な姿勢を取る富豪ばかりだと、ちょっと難しいでしょうけどね。

ニコル　それは本当に必要だと思う。大富豪にはもう少し世界に対する責任感をもってほしい。イーロン・マスク、ジェフ・ベゾス、楽天やユニクロもね。ただユニクロは最近、UCLAと早稲田大学にたくさんのお金を出して、日本文化研究を支援しているんですよ。

ヤマザキ　なるほど、お金の使い方に利他性が見えますね。自分たちのお金も効率よく稼働させるためには、人間に良質の業や欲求を抱いてもらう必要性がある。私は芸術を生むには業はなければならないものだと思うのですが、良質でなければならない、というのが重要なんです。カルマに囚（とら）われてはならない、などとかつて仏教思想にはまっていたときは自分を諭していましたが、人間なんてのはそもそもそんなに高尚な生き物ではない。ましてや今のようなご時世だからこそ、業の貪欲性をうまい具合に使って精神面での畑を耕す作業が必要だと思うわけです。人間はお腹（なか）が膨らんで大きい家に住めたところで、感受性や知性を鍛えなければ不完全で野蛮な生き物でしかありませんから。

ニコル　芸術支援といえば、一九三〇年代、アメリカで大恐慌があって世界中に影響が及んだんですが、当時、WPA（Works Progress Administration：公共事業促進局のいわゆるニューディール政策）の一環として、政府がアーティストに特別にお金を出すなどした、文化支援プロジェクトFAP（Federal Art Project）がありました。このプロジェクトを一番プッシュしたのが、ルーズベルト大統領の妻のエレノア・ルーズベルトで、二七〇〇万ドルを芸術支援に出させたんです。

ヤマザキ　ルーズベルト夫人はそんな奉仕をされていたのですか。

ニコル　はい、彼女は文学も教えていたし、芸術活動にも熱心で、強い意志で文化事業を推進しました。その成果がビルの中の壁画などあちこちに残っていて、今見てもすごいなと思わせる仕事をアーティストたちにさせています。これはやっぱり皆を元気にするし、アートそのものだけではなく、アートを創り出していること自体に、何か新しい夢が見えてきますすよね。税金を使うのであれば、芸術をそんな夢や力へと転換していくことができるような社会にできればと思います。

ヤマザキ　困難なときほど、アーティスティックなことに時間やお金をかけられるゆとりというものを、無理にでも捻出する必要性はあると思います。余裕がないときこそ、芸術が頑張っていれば民衆も大丈夫なんだという気持ちになれる。文化の浸透による人のつながり、コミュニティ形成は人が生きていくことのセーフティネットとしても非常に有効なはずです。

ニコル　そういう意味でも、税金の使い方には国の責任が問われますよね。そのような視点で見ると、日本はどうですか。

日本での芸術は不要不急

ヤマザキ　日本でも税金を巡るネタは事欠きませんが、どちらにせよオリンピックのような国威を象徴させる行事のためか、何某（なにがし）かの責任逃れのために我々の税金が使われているような印象は否めません。

ニコル　安倍晋三（あべしんぞう）元首相の桜を見る会とかも話題になっていましたね。

ヤマザキ　二〇二一年のオリンピックにしたって、新しいスタジアムを使うかわりに日本はわびさびという唯一無二の文化のスタイルがあって、それを他国もリスペクトを持って認知しているわけだから、そのあたりを強調した演出にしたら箔（はく）がついたんじゃないかな、なんてことを思うわけです。例えば、一九六四年のオリンピックの時に建てた代々木（よよぎ）のスタジアムを過去へのリスペクトも込めてきちんと整備して使ったら、先進国としてめちゃくちゃクールじゃないですか。そりゃ無視できない利権だのなんだのあるでしょうから、夢のような理想ばかりは並べません。ただ、全部とは言わないけど、日本は古いものに対してのリスペクトと審美眼があります、という、先進国だからこそといえる演出が何某かのかたちでできたんじゃないの、とは思うわけです。文化的な面での先進国というのはそういうことをして然（しか）るべきでしょう。国威にこだわってるんだったら、環境破壊だ温暖化だと大騒ぎになっているこの最中に、すごくスマートなかたちで象徴することもできたはずですよ。

結局、明治維新以降の、列国と肩を並べるために西洋的なものをどんどん取り入れなければという気負いと焦りのメンタリティーが、今でも色濃く残っているような気がしますね。結局、西洋化が先進性であり世界のモデリングだという考え方に囚われてしまうからそうなってしまうとも思うのですけどね。

もともとヨーロッパでの芸術の発展の裏には、前述のメディチ家のような成り上がりによる大胆な経済の活用だったり、海賊などの無謀な略奪だったり、教皇の悪策だったり、人間の業と貪欲さという太い骨組みの上に成されていったという経緯があるわけで、良いとか悪いとかという意味は別として、そのエグさは日本では馴染まないし、根付きもしないでしょう。

ニコル　日本とヨーロッパとでは構築されてきた歴史観が全然違うわけですからね。

ヤマザキ　動機は不純極まりなくても仕方がないと思うんですよ。自分たちの私腹を肥やすためだったとしても、やはり創作で食べていかなければならない芸術家は、自分たちに仕事がもらえるように、バックグラウンドがどうであれ、ストラテジーがどうであれ、高品質のものを作ればそれでいいと奮起していた。とある工房がすごいものを作ったら、触発された別の工房がそれを凌駕しようと必死になる。芸術を動かす力というのは本当に綺麗事ではないんですよ。あの貪欲さは社会的調和を重んじたりしている人には向きません。孤立してでもいいから、名声や成功が欲しいという個人主義的な欲求がエネルギッシュなんです。社会単位を個人よりも群れ単位での協調を優先順位に置いている日本は、西洋と同じ勢いで芸術を展開していかなくたっていいと思うんですよ。以前在日イタリア大使から「日本のサッカーチームはチームプレーが素晴らしいが、ここぞという場面でゴールボールを譲り合っているのを見た。なぜなんだ」と聞かれたことがありました。西洋では、芸術にしてもそれを支えるバックグラウンドにしても、周りを撥ね退け、孤立覚悟で突進していくエネルギーが、文化を象って行った部分もあるとすると、日本はそれと違う方法を考えるべきかと思います。

あと、これも肝心なことかと思うのですが、日本の多くの人の潜在意識には「芸術や人文系の学術は断続的な経済生産性があるわけでもなく、所詮は不要不急の存在なので、別になくても困らない」という考え方があるような気がしますね。それが良いとか悪いなどと言っているのではありません。価値観の差異です。古代から芸術をメンタル面での栄養素としていた西洋とは捉え方が違うところがある。

ニコル　芸術がなくても困らないものだというのは、絶対に違うと思う。日本にも素晴らしいアートがたくさんあるのに残念ですね。

ヤマザキ　日本にもかつては狩野派や、尾形光琳のような人がいたことはいました。彼らも経済力のある人たちに依頼されて仕事を手がけていた創作家ですし、素晴らしい襖絵などを残していますが、ああいった個人宅の装飾芸術は西洋の教会のように貧しい人も含む一般に公開されていたわけではないですよね。例えば、狩野永徳の「檜図屏風」なんていうのは、あの屏風の前に座れば誰でもすごい人に見えてくる。持ち主の権威や豊かさを象徴させる装飾品的効果をなすものですからね。とはいえ庶民は、紙に印刷された浮世絵を楽しんでいた。

　浮世絵というのは、当時、現世の漫画と同じ立ち位置にあったんじゃないかと思いますね。一枚描くのがどんなに大変であっても、あくまで漫画は読み捨てで、パラパラめくって最後まで読んだらそれでおしまい。浮世絵も今でこそ古美術商では高値で売られていたりしますけれど、あの当時は束の間の癒しに慰み。そんなものは別になくたってなんとかなるだろう、というあの不要不急性が、現代の漫画の気軽な扱われ方に継承されているのかもしれない。

アートに対して壁がある日本

ヤマザキ　日本でのアートは未だ壁がある状態で、子供たちが教育の中でアートに触れる機会は限られています。例えばロンドンの大英博物館なんかに行くと、制服を着た子供たちだらけじゃないですか。毎日必ずいくつか学校のグループが訪れていて、皆スケッチブックに見たものを描いたりノートを取ったりしている。でも、皆真面目に先生の言うことを聞いてやってます、という雰囲気でもないんですよね。ロゼッタストーンのようなよくわからないものを説明されてもつまらなそうですが、ミイラの部屋ではみんな大興奮している。ミイラを通じて歴史や人間の神秘、そして死生観のような命の不思議と向き合うからなんでしょうね。

ニコル　大英博物館では、特別な子供向けの教育プログラムで、「sleeping with the mummies」というのがあるんです。

ヤマザキ　えっ、ミイラと一緒に寝る？

ニコル　子供たちがミイラと近いところに寝るんです。

ヤマザキ　ひょっとしてミイラの部屋に泊まるんですか。

ニコル　ミイラの部屋の近くのギャラリーに泊まるんですよ。

ヤマザキ　いいなあ、それ。トーハクでもやってほしい。仏像の部屋で寝袋に入って寝るとかやってみたいな（笑）。

ニコル　ミイラ関連イベントだけではなく、ロンドン地域にあるほぼ全ての学校は、プログラムに大英博物館での授業を入れている。だから、毎日混んでいて、子供たちや学生でいっぱいです。

ヤマザキ　そういう教育環境があるんですね。イタリアでも、古代ローマ遺跡に行くと、まだ幼稚園とか小学校低学年のグループがどんどんやってきて、賑やかですよ。教育者であるうちの夫が、大人は無理やりにでも子供をそういう場所に連れていかなきゃいけないとよく言っています。遺跡が嫌だろうと、美術館が退屈だろうと、教養として得ておくべきこととして距離感を狭めるのは親や大人の義務だと。確かに、子供の意思に任せていたら、いつまでたってもそんなもの自分と関係ないと思って終わってしまいます。生きていくための可能性や手段を大人が削ってしまうことになる。

ニコル　実はイギリスも昔は今のような教育環境ではなかったんです。一八六〇年代に、家族を連れて美術館や博物館に行こうという一大キャンペーンを政府が行ったんですね。文化を紹介するための美術館や博物館を増やして、企画もいろいろ工夫して。特に、貧しい人たち、教育を受けられない人たちに向けて、美術館に行くとどんなふうに生活が豊かになるかを説いて、根気よく推進を続けたわけです。そのおかげで庶民の芸術への理解がかなり進み、以前は週末になるとパブに飲みに行っていたのが、徐々に家族連れで美術館や博物館に出かけるという習慣が定着してきたんですね。

ヤマザキ　それですね。お金を文化的事業に生かそうと、付け焼き刃的にお金持ちが美術館を作ったり美術家を支えること以前に、まずは人々に美術への好奇心を芽生えさせ、焚(た)きつける必要があるということなんですよね。あっても無駄なもの、お金にならないからやらなくていいこと、という見解を方向転換するところから始める。とにかく教育の方針を変えるところから直していくことですかね。日本にはもう十分いろんなものが展示されているし、増やす必要性はそんなにないと思うのです。まずは、学校の美術で絵を描かせるだけでなく、課外授業として外で絵画を見せる、感じさせる。何か面白い美術展がやってきたら、課外授業をするべきですし、主催者もそんな企画を教育機関に提案したらいいんじゃないですかね。経済的生産性があろうがなかろうが、あらゆる表現は人間が生き延びていく上で必須であること、そして家族も「美術展かったるい」じゃなくて、退屈覚悟で子供を連れていくところから始める。退屈ならなんで退屈なのか子供と話し合ってみればいいわけです。とにかく素材は毎年海外からもどんどん来てくれてるから。

ニコル　そう、本当にいっぱいある。日本美術のコレクションだけでも素晴らしいものがたくさんあるし、そのような文化財をテーマごとに海外で展示、紹介するのがキュレーターとしての私の役目なんですから。

　例えば十五〜十九世紀にかけての日本の特別な品々を紹介したニューヨークのジャパン・ソサエティでの展覧会（二〇〇二年）では、鍋島報效会、京都の輪違屋、靖國神社の遊就館、東京、京都、奈良の国立博物館など、五十以上の貸し手から展示物を借りたのですが、日本の伝統工芸品の美しさもさることながら、その日本独特の装飾、配置、空間認識など、西洋とは一味違う美的センスがあって、すごく勉強になったし、好奇心をそそられっぱなしでした。ああいうものがすぐそばにあるのに見ないのは、本当にもったいない。テーマパークだけでなく、地元の小さな美術館でもいいから、親がもっと子供を連れまわさないとダメですよ。

ヤマザキ　ニコルさんは本当に日本の美術の価値をよくわかっていらっしゃる。私よりもずっと（笑）。

美術館には時空を超えた物語がある

ヤマザキ　トーハクで開催されたポンペイ展は素晴らしかったですよ。住友金属鉱山という企業と朝日新聞、ＮＨＫがお金を出して、ナポリ国立考古学博物館の目玉展示物をごっそり運んできた。宣伝番組にも出ましたけど、コロナの制約から解放されてまだまもない時期ということもあってか、結構たくさんの方たちが観に行ったようです。就学前の子や小学生にも、二千年も昔に生きていた人々の暮らし、噴火の怖さ、芸術品の意味が伝わっていたらいいなと思うのですが、それにしても通常だったらナポリ国立考古学博物館まで行かないと見られないものが並んでいるのは圧巻でした。主催者の信頼性と力を感じましたよ。あれだけの点数のものが、わざわざ飛行機に乗ってイタリアまで行かなくたって、向こうから来てくれたんですからね。

ニコル　私はニューヨーク育ちなんですが、青春時代のほとんどは、メトロポリタン美術館（Ｍｅｔ）と自然史博物館で過ごしていた気がします。今のキュレーターという仕事も、そこで過ごした時間と経験がベースになっています。さらに、ハーバード大学で考古学を学んでいたとき、私の学部がピーボディ考古学・民族学博物館と同じ建物にありました。そこで毎日、展示されている物質文化に触れているうちに、「物語」が形成されるディスプレイの妙に魅了され、キュレーターという仕事にどんどん惹かれていったんです。

ヤマザキ　なるほど。それを聞くと、美術館や博物館は、自分の感性との出会いの発露かもしれない。ニコルさんは、歴史的なオブジェクトがどの空間にどう展示されているのか、というディスプレイの美しさに興味を持ったわけですね。今までいろんな展覧会を手がけられてきたと思いますが、ニコルさんにとってのキュレーションというのはどういう仕事なんでしょうか。自分の興味がある絵画や歴史的なオブジェクトがどんな空間にどう展示されているか、これは見る側にも非常に影響を与えるわけだし、経験や知識がいる重要な仕事だと思うんですが。

ニコル　はい。私にとってのキュレーションは、「視覚的ストーリーテリング」です。小さな展示物であろうと、大きな展示物であろうと同じです。対象物の調査、選択、配置は、展示作りのプロセスの一部に過ぎません。展示ラベルの言葉、看板、壁や台座を覆う塗料や素材、ケース、そして訪問者が展示を見るときの順番、経路……そのすべてを考慮に入れたとき、私が一番重要に考えているのは、そこに「物語」があるかどうか。様々な国の人々が訪れる場所だし、観客の言語もまちまちなので、イヤホンガイドやいろいろな感覚を刺激するデジタルデバイスも、物語を補足する大事な役割を担っています。
大英博物館でのマンガ展の時は、物語を感じてもらうために、かなり冒険したんですよ。ヨーロッパの美術館や博物館の展示物を見る順路は、ほぼ時計回りと決まっているんですが、日本の場合は逆で反時計回りですよね。

ヤマザキ　そうそう。日本は順路が逆なんですよ。

ニコル　周囲からいろいろ反対されたんですけど、やっぱり日本の漫画を展示するのにふさわしい空間は反時計回りだと思って、日本式を押し通しました。さらに、今はもうなくなってしまったのですが、神保町（じんぼうちょう）にあった私の好きな漫画専門店「コミック高岡（たかおか）」（東京・神保町に二〇一九年三月まであった漫画専門書店）の店の中を再現して、本棚に漫画本をぎっしり並べたんですよ。来場者たちが自由に手に取って見られるように、フリースペースにして。

ヤマザキ　大英博物館の中に漫画本屋さんが出現したわけですね。素晴らしい、さすがニコルさんでなければできない演出。

ニコル　それも大英からいろいろ反対されたんです。展示物の漫画が観客に盗まれるとか、みんなに触られて本が汚れるとかいった理由で。そういう反対意見にもめげず、決行しました。そうしたら、その漫画本屋さんコーナーがマンガ展の一番の人気スポットになって大盛況でした。毎日来て漫画を読んでいる人もいましたよ。日本語版で台詞(せりふ)はわからなくても、絵の力でストーリーが大体わかるのが漫画の良さですからね。それで漫画の魅力を知った人たちもたくさんいると思います。そういう意味で、漫画本屋さんには出会いの物語がいっぱいつまっていますからね。マンガ展には、コミック高岡の人たちも来てくれて、嬉しかったですね。後日談ですが、大英のほうは私の漫画店再現の企画にあんなに反対したのに、来場者にすごくウケたことで考えを改めて、その後同じようなコーナーを再設しているんですよ。

ヤマザキ　本屋という商業施設と客という体感によって漫画をより身近に感じてもらうということなんですよね。そういうことを日本の美術展でやってもウケるだろうな。観覧するだけではなく、見ていたものを自分のものにできる、という煩悩を刺激することは文化との距離を縮めるにも結構大切なことですからね。

ニコル　来場者がどれだけ記憶に残る体験をすることができるか。それが私の仕事の一番大事な部分です。その手ごたえが感じられたときは本当に嬉しい。

ダラス美術館で「日本の黄金時代：桃山の美術展（Japan's Golden Age: Momoyama）」（一九九六年）、そしてワシントンD.C.のナショナル・ギャラリー・オブ・アートで「江戸：日本の美術 1615-1868 展（Edo : Art in Japan 1615-1868）」（一九九八年）を開催する仕事に携わったときには、もうワクワクしどおしでした。国宝や日本の特別な美術品を扱うことは、私にとって信じがたいほどの興奮の日々で、この仕事を選んでよかったと心底思いました。トーハク所蔵の登録重要文化財、尾形光琳筆「白綾地秋草模様小袖（しろあやじあきくさもようこそで）」など、その時日本の学芸員の方から学んだことには、人生が変わるほどたくさんの気づきを与えてもらった気がします。アートに触れることは、決して不要不急な経験じゃないですよ。そこにある時空を超えた「物語」が、人生を一変するほどの出会いをもたらすかもしれない。私はそう信じていますから。

ヤマザキ　考えてみたら戦後の高度成長期から現在まで本当に短いスパンで経済による国の立て直しを頑張ってきた日本も、どこかで速度が緩まるときに、文化との付き合い方も変化していくように思います。私のように学校では絵描きになりたいというと「飢え死にするぞ、もっと金になる仕事を選べ」と言われても、結局国自体が芸術の必然を感じているから、こうして毎年様々な美術展や企画が実施されているのですからね。

第二章

時代の先駆者は、いつの世も孤高にして不遇

福沢諭吉の屈辱感

ヤマザキ　ところで、日本の一万円札には福沢諭吉という人が描かれているんですが……。

ニコル　福沢諭吉、もちろん知っています。私が慶應義塾大学を留学先に選んだのは、優れた美術史の教授がいたことと、大好きな福沢諭吉が創設した大学だったからです。

私、東京に来るたびに、麻布十番の二の橋近くにある善福寺を訪ねるんです。この

お寺には福沢諭吉のお墓があるので。このお墓に面したところに樹齢七五〇年を超える立派な銀杏（いちょう）の木があるんですが、私はこの存在感たっぷりの銀杏の木が好きで、時々会いに行くんです。

ヤマザキ　そうなんですか。じゃあ、手っ取り早いです。福沢諭吉は、二十七歳で海外へ行き、旅中に出会ったイギリス人やアメリカ人との交流からスポンジのように吸収した知識や教養や考察を、『西洋事情』といった書籍として編纂（へんさん）するんですね。

ニコル　福沢諭吉は、渡米、渡欧、さらにまた渡米と、若いうちに三回海外に行ってますよね。明治維新前で、それまで過去約二百年間鎖国していた時代ですから、まさに先駆的な旅行者でした。

ヤマザキ　私もそう思います。そして福沢は、帰国後、早いうちにイギリス議会のシステムを日本にも導入することで、理想的な民主主義が叶えられるんじゃないかという思いに駆られ、伊藤博文（いとうひろぶみ）や大隈重信（おおくましげのぶ）に見てきたことや体験してきたことを提言するわけです。ところがそういった提言は結局弾かれてしまい、そのうち目障りな人間扱いを受けるようになる。当時、福沢だけではなく、日本の知識人たちは結構海外に行っているんですが、そのほとんどは自分に箔をつけるのが目的なわけで、全身全霊好奇心と適応の塊と化していた諭吉とはちょっと方向性が違う。新しい世界を見てきてもそれを積極的にどう活かせるか、やる気が溢れかえって制御できなくなってしまう諭吉のような人間はあまりいなかったと思うのです。

福沢諭吉は自分の吸収してきた知識を何とか活かそうと、新聞を作ろうとしてさまざまな準備をしたのに、周囲がそれを頓挫させてしまう。結局彼は、政治的なところからパージされ、表舞台に出る威力が消失していきます。そこで彼は、教育のインフラの整備と充実に視点を変え、自分が創設した慶應義塾大学のほうに専念し、次第に政治には関与しなくなっていく。

彼は、当時の知識人には珍しい先進的な男女平等論者で、欧米で高まっていた女性の参政権運動にも関心を示し、日本の御婦人たちにも早く選挙権を与えるべきだと言いましたけれど、結局、それが実現するのは第二次世界大戦後ですからね。でも、早くに声をあげていたのは画期的ですよね。

ニコル　福沢諭吉は下級武士の家に生まれて、早いうちに父を亡くし、五人の兄弟とともに貧しい母子家庭で育っているんですね。そうした母親の苦労を間近で見てきて、女性の社会的役割に対する敬意と、自給自足の重要性を強く説いたんですね。当時、女性の生き方論として普及していた、儒教的な教え――女性はまず父親に従順に仕え、次に夫に仕え、そして息子には良き母となれという家父長制に基づいた男尊女卑的な道徳論

――に反論して、女性も男性と同じように社会で活動すべきだと提唱しています。男女の社交イベントを企画したり、女性に就職の機会を与える活動をしたりするなど、実際に行動を起こしていたようですよ。男性に妾（めかけ）がいることなんて当たり前だったこの時代に、妾を持つことを非難したのも福沢諭吉らしくて、画期的です。

でも、ヤマザキさんがおっしゃるとおり、時代の先駆者的な存在が言うことって、いつの時代も聞きいれられないことが多い。福沢諭吉のように、人々は何十年も経（た）ってからその先見性に驚くわけですね。今さらお札に描かれてもと、福沢先生は思っているんじゃないですか。

ヤマザキ　確かに（笑）。私が何を言いたいのかというと、結局、あの明治維新の頃から今に至るまで、日本は未だに西洋化に対しての試行錯誤が続いている状態のような気がしています。第二次世界大戦後のアメリカナイズは日本国民のメンタルにも大きな影響を及ぼしたと思いますが、第一章でも語ったように、西洋化が何も全ての国に適応するわけではありません。地政学的に見ても日本には日本に適した、日本ならではの社会の在り方があるのだと思いますし、西洋の教育や政治のシステムを導入してからの時間がかかるのは、試行錯誤の意味も含めてやむを得ないことだとも思います。ただ黙っていても変化は起こらない。この情報化された社会の中で国民は諸外国の情勢も認識していますから、政治家の人たちにはもっと世界における日本に対して審美眼を磨いてほしいですね。

ただ政治家に限らずですが、日本では上の立ち位置にいる人たちが、自分のそばに新しい考え方やアイデアを掲げてエネルギーを放出している人がいると、自分が怠けものに見えるから迷惑、という風潮が強くあるように思うんです。日本人の気質というのは欧米諸国と違って、あまりコンペティティヴではないのかもしれません。世界の様々な大学を見てきましたが、学術分野でもそういう傾向があるような気がしてしまいます。

ニコル　それってアカデミア特有の、一種の縄張り意識でしょうか。

ヤマザキ　欧米のようなディベートを展開させるアカデミアというのとはまた違う様子のものですけどね。

ニコル　アカデミアといえば、私は今、ロンドンのロイヤル・アカデミー・オブ・アーツで開催される、ゴールドマン・コレクションによる河鍋暁斎（かわなべきょうさい）の展覧会イベントを手伝っているのですが、福沢諭吉と暁斎は同時代人で、暁斎は福沢の著作のパロディに挿絵を描いたりしていますね。

ヤマザキ　河鍋暁斎と福沢諭吉は、どちらも批判の精神性を稼働させながら日本を俯瞰で見ていた人たちなんじゃないかと思いますね。美術も、文化も、政治の時事的な問題も全部そうです。実は今のサブカルチャーにつながっていく上で、暁斎と諭吉はとても大事な二人なのではないでしょうか。

ニコル　私もこの二人について学ぶことで、すごくインスピレーションを受けました。今でも全く色あせてない。ハーバード大学の客員教授だった辻惟雄（つじのぶお）教授から河鍋暁斎について紹介されてから、すぐに私は暁斎に魅了され、はまってしまいました。二〇〇八年に、成田山（なりたさん）での暁斎展（「酔うて候　河鍋暁斎と幕末明治の書画会」）に辻教授と同行したときには、まさに辻教授が言うように「これはピカソだ！」と思いましたね。この展覧会で、早稲田大学坪内博士記念演劇博物館に保存されている、妖怪やお化けがぞろぞろ出てくる新富座（しんとみざ）の引幕を観たときはもう鳥肌ものでした。縦四メートル、横一七メートルの巨大な画面に描かれた妖怪たちは、暁斎が酔っぱらった状態でたった四時間で完成させたとか。絵と一体になって格闘した痕跡が、布地に足跡や手形になって残っているんですよ。暁斎は凄（すさ）まじいエネルギーと表現力を持った天才絵師だと私は思っています。ですが、ここまで日本に貢献して、偉業を残しているというのに、まだまだ日本では彼の卓越した才能を公式に認めるまでには至っていませんね。それが私にはすごく残念なんです。

ヤマザキ　私の専門のほうに引っ張らせていただくと、レオナルド・ダ・ヴィンチも彼らと同じ種類の人だと思います。レオナルドという人もまた、暁斎や福沢諭吉と同じようにベクトルを乱す異質の存在として、フィレンツェの芸術家集団には煙たがられていました。フィレンツェの地元っ子であるロレンツォ・デ・メディチや同業者のボッティチェリにとっては、田舎から出てきたうえにたいした学もなく、当時流行っていたラテン語も読めない。なのに、画力もセンスも圧倒的だし、見た目も麗しい。そりゃあ嫌がられるわけですよ（笑）。立っているだけでもオーラのあった人だと思うので、同業者以外の人からも妬みや反感を買いやすい。ダ・ヴィンチはなんとなくフィレンツェでの居心地が悪くなって、仕方なくミラノに行くんですが、人間の集団意識とそこに帰属できない人間の在り方というのは古今東西どこも同じですね。人間という生物の生々しい性ですね。

でもそんなふうに集団から疎外されてしまう彼らは、人より多く世の中に失望したり絶望している分だけ、自分自身を含め、俯瞰で人間を見る目を持っている。分析しているというべきかな。目線を自分自身から離脱させ、地表の上に据えることができるというのか、人間という生物の生態や社会の現象を冷静に捉えることができている気がしますね。だから疎外される自分を間違っていると戒めることもない。人間の在り方を人間の目線で見てないような、それができる人こそが河鍋暁斎になったり、福沢諭吉になったり、ダ・ヴィンチになるんじゃないですかね。私の描いた博物学者の大プリニウスもそうですね。時代を先駆けるイノベーターになるような人は皆そんな感じなんじゃないかと思います。

ニコル そのようなシニカルで面白い考え方を持っていないと、新しい将来をイメージできないかもしれないですね。ダ・ヴィンチに関していえば、同性愛が違法であった時代に彼は同性愛者であったし、ヤマザキさんがおっしゃるとおり、彼の才能への嫉妬もあって、しばしば疎外される存在でした。それでもロレンツォやミラノ公など、彼の才能を後援する人物の助けで何とか創作活動を続けることができたわけですが、人々の理解のなさに加えて、彼自身が非常に自己完結型であったために、彼の発明はほとんど実現されませんでした。産業革命前の、まだ馬車もろくに走ってない時代に、彼はノートに飛行機械、水中呼吸スーツ、機関銃を作図し、解剖が違法だった時代だったにもかかわらず、人間の体内・体表の詳細な解剖図まで残したんですよね。

ダ・ヴィンチは天才でしたが、非嫡出子としてトスカーナの田園地帯で一人で育ったために、幼い頃から誰かの協力を得たり、何かを誰かと共有したりという経験がなく、その必要性も感じていなかったでしょう。そのかわり、他の誰でもない自分自身のためだけに創造活動を続け、溢れるアイデアを鏡文字で、大量のイラストとともにノートに記録していったんですね。だから、壮大で画期的な彼の発明やアイデアが報われなくても、彼はそれほど悲劇的には捉えていなかったと思う。

ヤマザキ　私もそう思います。そもそも天才というのは本人の自覚ではなく、周りの人が決めることなので、ダ・ヴィンチ自身は自分を社会不適応者だとは思っても後世に名を残すほどの天才だなんていう自覚はない。自分は選ばれし人間だなんて思うゆとりがあったら、創作なり思索なり別のことをしているでしょう。天才と呼ばれる人は皆そうだと思いますよ。自分の納得のいくペースでいろいろやっていたら、後からなぜか天才と言われるようになった、というパターンがほとんどかと。

ニコル　後から天才だ、偉人だと評価が上がって、後続の人たちの目標にされたりするけれど、本人たちは全くそんな意識はなかったということなんですね。

ヤマザキ　そう思います。理想や目標を掲げて勤勉になる時点で、天才とは違うベクトルになってしまう。天才というのは、とにかく後付けのつくられた形として今の私たちが認識していることなんだと思います。天才とは選ばれし人という捉え方をまずやめたほうがいいですね、彼らはそれこそ特異な性質を持ってはいるけれど、皆同じ人間ですから。

ニコル　全く同感です。ちょっと前に落合陽一（おちあいよういち）氏と対談をしたときに、南方熊楠（みなかたくまぐす）の話をしたんですが、熊楠という人も世の評価や評判というものを全く意に介さない人物でした。例えば、研究者の世界では、『Nature』という権威ある国際的学術誌に記事を出すと、名誉だし、自分の研究が注目されて鼻が高いわけです。だからみんな、その記事に対する反応とか、どのくらい引用されているとか、すごく気にするわけです。つまり自分の研究が世の中からどう評価されるか気になって仕方がない。

　だけど熊楠の場合、そういう評価ってどうでもいいんですね。自分は全然関係ないし、関心もない。自分が研究したことを論文に書いて出す。それで終わり。ダ・ヴィンチと同じ徹底した自己完結型なんですね。本当に自分でやりたいことしか興味がないから、人の評価によって揺らぐことがない。自分の発想や考え方に共感や理解が得られないがゆえに、より孤独であったり、自己完結型に拍車がかかったり、という側面はあると思いますが。

ヤマザキ　熊楠も確かに同種族ですね。それはもう、ほとんど先天的なものであって、なりたいとか、目指したいという次元ではないわけですよ。だけど、世の人々は天才をどこかで恵まれた人間だと思っているわけですよね。子供に天才性を期待してしまう親というのは実際いますから。

ニコル　うんうん。天才教育という言葉もありますしね。

無意味な「スティーブ・ジョブズ育成プログラム」

ヤマザキ　私この間、ウォルター・アイザックソンという評伝家が書いた『レオナルド・ダ・ヴィンチ』の後書き解説を書いたんです。このウォルター・アイザックソンという人は、スティーブ・ジョブズとか、ベンジャミン・フランクリンとか、そういう別に天才になるために勉強してきたわけでもないのに、突出したイノベーションを発するようになった人を研究するのがお好きなのかもしれない。とくに、テクノロジーとアートの間に立っている突出した人間に注視して、彼らの評伝を何冊か手がけています。

スティーブ・ジョブズに関しては、彼が生きているうちから依頼された評伝を執筆していますが、それを日本語で出した出版社から依頼されてコミカライズしたんですけれど、それはなかなか面白い経験でした。ジョブズという人物をなんとなく毛嫌いしていたのですが、息子に勧められて評伝を読んでみたら妙に感情移入もできるし、彼の寂しさや苦悩や捻れも全然描けそうな気がして、それで引き受けました。
しかし『レオナルド・ダ・ヴィンチ』を読んでみると、面白いことは面白いんですが、なにか妙な違和感がありまして。

ニコル　へえ、どんなことが気になったのですか。

ヤマザキ　つまり、レオナルド・ダ・ヴィンチの手記が軸となった考察が展開されていく分にはいいのですが、最後の最後で急に、「レオナルドに学ぶ」というハウツー本のような方式を導入している。「飽くなき好奇心を持つ」「学ぶこと自体を目的とする」というようなのはなるほどと思いますが「脱線する」「先延ばしする」「熱に浮かされる」など、こういったコンテンツは心得て実践することではないし、敢えて学ぶことなのかどうか（笑）。

ニコル　それはびっくりしますね（笑）。

ヤマザキ　サラリーマンになって社会にきちんと帰属している人間が今さらこれ読んで、よし、俺はダ・ヴィンチを見習ってプレゼンの締め切りを先延ばしにするぞ！　とか、ダ・ヴィンチ目指したら失業しますって（笑）。だけど、人というのはどうしても天才に一目置いてしまう。他の人にできないことがどうしてこの人たちにはできるのかということが気になって仕方がなくなる。さっきニコルさんが言っていた南方熊楠のような人は、自分のやっていることすら顧みずにやっているんだけど、それは先天的なものでしょうからね。学んで身につけることではない。

だいぶ前ですけど、日本の政府はスティーブ・ジョブズ育成プログラムというのを作ったんですよ。

ニコル　ふーん。で、効果はあったんですか。

ヤマザキ　笑ってしまいました。スティーブ・ジョブズは作られてああなったわけではない。ジョブズはもともと特異な家庭環境に育ち、群れにすんなり帰属できるような素質ももたず、素行も悪いし、自負心や驕(おご)りも凄まじいし、彼を恨んだり嫌悪したりしていた人はたくさんいたわけです。しかし、肝心なのは、ジョブズの周りに、彼のこの特異性を潰さない社会があったということ。日本だったら、ジョブズみたいなのが面接を受けにきても速攻でスクリーニングから外されるでしょう。ジョブズを育成したいのなら、取り扱いの難しそうな異質な人間に潜む天才性を見抜く審美眼と、そういう人間を排除しない環境を整えるところから始めないとダメですよ。

ニコル　日本はわりとリスクを取らない社会ですよね。だからちょっと変わったリスキーな人材は取らない。そういう人を雇ったという責任を持ちたくないから。

ヤマザキ　そのとおりです。責任を持ちたくない。あと、自分のことを責められたくない。要するに同調圧力に従えず組織に帰属できない自分が責められるのが怖い。だからせっかくスティーブ・ジョブズ的な要素を持っている人がいても、正面から向き合える人がいない。ジョブズ的な資質を持った人が現れても、目障りだし調和を乱すからと潰されてしまうことになるでしょうね。

ニコル　自分の世界を持ってマイペースで荒れ野を駆け回る、みたいな熊楠や暁斎好きの私からすると、なんか悲しいですね。イノベーターとしてそういう人たちってすごく大事な存在じゃないですか。

ヤマザキ　日本の社会では、突出したリーダー性というのが一般化していないんだと思うんですよ。言い方を変えればそういう人間がいないほうが、うまく稼働できる社会だということです。ニコルさんの周りなんかもそうだと思いますが、アメリカだと、あの手の変わった人は多いでしょう。

ニコル　多い、多い（笑）。奇人、変人いっぱいいます。

ヤマザキ　そんな環境だと、いちいちそういう人のことについて、何でこの人こんなに変わっているんだろう、おかしいんじゃないだろうかって考えなくなるじゃないですか。

ニコル　そうですね。違和感より、むしろ面白いというほうが先に立ちますね。

ヤマザキ　私は日本にいても親が変わっていたし、祖父も変わっていたし、イタリアに暮らし始めてからはイタリア人から見ても奇人変人の集団に交ざっていました。今の家族だってエンジニアをやっている義父も研究者の夫も普通の人ではありません。そんな環境にいると、自分が変だなんて全く思わなくなるわけですよ。むしろそんな人たちよりずっとまともだと思ってます。ところが日本に来るとヤマザキさんは変わっている、浮いているというような見られ方をする。彼らが持っている鏡に映る私がそんなふうなものだから、自分でもそんな自覚を持つようになる。孤立しないように、他者によって作られたペルソナを自分だと思い込んでいくようになる。

個人差はあるとは思いますが、そもそも傑出した天才というのは孤立することが平気なわけで、他者に自分がどう象られているかということに囚われない人たちなんじゃないでしょうかね。南方熊楠はその典型でしょう。

ニコル　それは一〇〇％そうだと思います。

天才は目指してなれるものではない

ヤマザキ　南仏(なんふつ)生まれの昆虫学者ジャン・アンリ・ファーブルという人もそうですね。

子供の頃熱心に読み耽(ふけ)った『ファーブル昆虫記』の執筆者ですが、地元では大変態と思われていた人物です。だけど彼自身はそんなことなど意に介さず、誰も関心を寄せないようなフンコロガシの生態を地道に研究していました。昆虫研究のみにおさまらず作曲をしたり学校の先生もしていましたが、自分が後世にも評価される人間になるなんておそらく全く考えていなかったでしょう。

ニコル　ファーブルも自分の名を残そうとして研究していたわけじゃない。

ヤマザキ　変人だと思われている自覚こそあっても、それで名が残るなんてことはおそらく考えていないでしょう。そんなどうでもいいこと考えているゆとりがあれば、フンコロガシを観察していたはず。ウォルター・アイザックソンは、ハーバードとオックスフォードで教育を受けてきた人ですから、エリートっていうものに対しての確固たる自信があると思うんですよ。知性というブランドで満遍なく身を固め、ステイタスというゴールに向かって敷かれたレールの上を歩き続けてきた彼は、天才と呼ばれる人たちを扱う文章を何冊か書いているんだけど、彼らの生きてきた境遇は、彼の辿ってきた人生とは違うわけです。ジョブズもダ・ヴィンチもレールがあっても、あえてその上を歩こうとはしない人たちです。

　この二人に共通する背景といえば、どちらも私生児だということでしょう。出自からしてレールから逸れているわけです。そのうえ、この二人は子供の頃から自分たちが私生児であるという自覚を持って生きていたということ。ダ・ヴィンチは本当の母親を知らされず、自分の母親ではない若い妻がいる父親と一緒に暮らしていたし、ジョブズはウィスコンシン大学に留学していたシリア人と彼が当時付き合っていた女性との間に生まれ、その後すぐに養子に出されています。彼らは、誰にも頼れずに、本当の親の愛情を知らずに大人になっているわけです。どちらも良い家庭環境にはいたのだけど、自分たちが周りと違うということは歴然としていた。そうした不条理との共生がやがて表現への機動力と稼働力となって、誰も考えついたり生み出さないような感性の発露となる。

　寂しさや絶望や孤独は、天才と呼ばれる人たちの必須要素だと思うんです。ハイエデュケーショナルで固めてエリートになった人にとってそこが一番理解に苦しむところかもしれない。レールから逸れてきたような人間がなぜ古今東西の世界を率いるイノベーターになれるのか、不思議で仕方ない。だから必要以上に興味を持ちたがる。

　ウォルター・アイザックソンの書物を読んでいるとですね、突出した人間がどうやって構築されているのか知りたくてたまらない焦燥感のようなものが感じられるのです。

　ダ・ヴィンチという人は、例えば絵画にしても完成することができたのはごくわずかしかなく、一般の人からしてみたらそれが不思議でならない。なぜそこまでやってしっかり終わらせないのかと思うでしょう。しかし、彼の場合は作品を作ろうと思い立つところまでがメインなのかもしれません。自分にもそういうところがあるのでわかるんですが、実際に絵を描き始めたときには、もう完成形が見えてしまうんですね。想像力が横溢(おういつ)しているせいで、完成まで至らせなくてもこれでいいや、となって、次の作品や別のことを考えている。達成感は彼にとってそれほど重要じゃなかったのだと思います。

ニコル　そうなんですよ。ダ・ヴィンチは、自分自身を彫刻家であり建築家であるとも言っていたけれど、彫刻も建築物も彼の手になるものは何一つ残されていない。つまり、それらの完成形はすべて彼の頭の中にあったということですね。

ヤマザキ　はい。でも、人は誰でもやり始めたことは完結しないといけない、と考える。だからウォルター・アイザックソンのような真っ当なエリートには理解不能な存在だったんだと思います。中途半端でも世の中では絶大な評価を受け、傑作と認知されているのはなぜか。イノベーターになるべき人間にはそうした要素が必須なのではないか、なんてことを考えたりするんじゃないでしょうかね。

ニコル　で、天才は途中で放り出すという項目ができたりする（笑）。

ヤマザキ　ダ・ヴィンチは七千枚以上の手稿を残していまして、そこには実に様々な事柄や素描なんかが記されてあるわけです。パーソナルな手稿を暴くのは行儀が悪いことなんですけど、これがとても面白い。もしあの人が今も生きていたらTwitterを利用しまくっていたんじゃないかと思います（笑）。メモには人の悪口や妬み、やっかみも綴られていて、例えば当時のフィレンツェではロレンツォ・デ・メディチを始め彼のお抱えの人文学者や画家はわざわざラテン語で会話をしたりしていたらしいんですが、ラテン語のできないダ・ヴィンチはそれを揶揄する。知性をひけらかしている連中が鼻持ちならない。にもかかわらず、その後にラテン語辞典の購入履歴が記されている（笑）。天才と呼ばれる人というのは、決して崇高な神のような存在ではなくて、性格の歪曲した面倒な人たちがほとんどだったと思いますよ。

とにかく、天才は知って然るべき存在ではあっても、目標にしたり目指してなれるものではないし、自分で決められることでもないことは確かです。もし私がアイザックソンの表すところの天才を目指そうと思ったら、今すぐ漫画やエッセイの連載を途中でやめてしまうんだと思うのですが、とてもそんな勇気はありません（笑）。周囲の人たちに迷惑をかけたくありませんから。

アイザックソンの書く人物伝を読んでいると、彼のイノベーターと称される人々に固執するその動機に、どこか近代以降の日本的なものを見た気がしたんです。特殊な存在ではあるけど、彼らは飽くまで観察対象であり、基準値は特殊には属さない自分たちにある、とでもいうのか。

ニコル　日本的というのは、福沢諭吉を阻害した人々のメンタリティーということですか。

ヤマザキ　まあそうですね。諭吉だけでなく、南方熊楠も、岡本太郎も、棟方志功も、皆人間としてのキャパシティを全身全霊で駆使してて凄いんだけど、こんな人たちが増えてしまったら社会は混乱してしまう。福沢諭吉はまあ、政治の表舞台から退けられてしまうわけですが、他の人たちはほとんど見せ物小屋的な扱われ方に近いと思います。特化した才能を持っている人が、社会で当たり前の存在になってしまったら調和が乱れてしまうわけですから。

ニコル　なるほど。ちょっと触らないでおこうというような。

ヤマザキ　特異な性質を持っていながら、一般的な教育上でもエリートで、しかも社会の調和を乱さない人がいたら、それはそれで凄いとは思いますよ。実際そういう人もいると思います。でも、そんなふうに周囲に気を配れるような人は賞賛はされても、天才というカテゴリーにはならないと思います。

　とにかく、先述したスティーブ・ジョブズを育成するプログラムもそうだけど、彼の要素をマニュアル化すれば、ああいうセンスが育つんじゃないか、という考え方は大きな勘違いだということはもっと一般的に認知されるべきです。何度も言うように、あの人たちは、複雑な生い立ちであったり、コンプレックスであったり、貧困と貪欲さなど、様々な不条理コンテンツが混じり合い、時には人から徹底的に嫌われたりもしながら、排除したいけどできない存在として、やがて一目置かれる存在となっていく。目指してなるものではない。

革命家は、教養を身につけたお坊ちゃんに多い

ニコル　いわゆる天才枠からは外れるかもしれないですが、私は昔から聖フランシスコ（一一八二～一二二六年　中世イタリアにおける聖人。フランシスコ会の創設者）に憧れているんですよ。超有名人過ぎて、みんなピンとこないかもしれないですけど、自然や動物たちをこよなく愛したあのエコロジカルな生き方って、現代人にとってもすごく大事なんじゃないかなと。

ヤマザキ　鳥や魚など動物と会話ができたとされる聖人ですね。

ニコル　ええ、そうです。ただ、私がこの人を素敵だなと思うのは、常に貧しい人の味方だったという思想的な部分もさることながら、リスクを恐れずどんどん狭いところか

ら出て行ったことです。
　彼はキリスト教徒でありながら、宗教の枠を超えて、エジプトのスルタン（イスラームの支配者）とも話したし、イスラームの人たちからも尊重されて、エルサレムをはじめ、いろいろな場所に自由に出入りできたんですね。当時は十字軍遠征の真っ最中だったので、当然キリスト教徒の陣営からはうとまれましたが、そんなことは全く意に介さない。宗教や人種の壁を越えて、自分の信じたことや、行きたいところには躊躇（ちゅうちょ）なく踏み出していく。そういうところが、本当に格好いいなと思うんです。私の危険区域好きは、聖フランシスコの影響も少しあるかもしれない。

ヤマザキ　なるほど。聖フランシスコは清貧の象徴であり、現教皇の名前も彼に由来していますね。中世の西ヨーロッパにおける統治システムだったフューダリズム（Feudalism。中世のヨーロッパ特有の封建制度）が、あのような発想や思想を持った人を生み出した。彼はキリスト教史上最も大きな思想改革をもたらした人でもありますが、清貧を説きながらも、本人は立派な御家柄の出自でしたね。

ニコル　そうそう。かなり裕福な商人の息子です。

ヤマザキ　聖フランシスコをはじめ、これまでの歴史で革命的発想や思想を持って行動を起こしてきた人たちには裕福な出自の人が多い。お金に困ることのない環境の中で教養や知性を満遍なく身につけていく。貧困や差別などの凶暴性と向き合うこともなく、生活にゆとりのある知識人には、社会に対する理想と変革意欲が生まれてくるのでしょう。逆に、スターリンのように、貧困と向き合わされ、自分個人に強烈な劣等感やコンプレックスを持つ人が社会改革妄想を抱くと、独裁者的路線に進んで行ってしまうのかもしれないですね。

余談ですが、先日、歴史を教えている先生と中世ヨーロッパ時代の荘園（しょうえん）システム、要はフューダリズムの話になりましてね。その人は自分が生まれ変わったら、フランスの中世の荘園システムを体験したいと言っていましたね。

ニコル　えっ、それはまたどうして。

ヤマザキ　どうしてなのか聞いてみたら、実際中世時代の荘園システムというのはとてもよく機能していたとおっしゃるんです。領主という具体的な統括者がいて、その下々で農奴として働く人たちがいて、自分たちの生きていく上での役割が明確だった。農奴の身分の人々は、本当は自分は特別な存在なのにこんなことをさせられている、とか、そのうち領主のような人間になってみせるぞ、といったような、自分の存在に対しての自己顕示欲性が今のように当たり前じゃなかったからだと。彼らは皆、自分の運命を素直に受け入れて、動物とか昆虫みたいに、生まれてきたらやるべきことを全うして死ぬのが当たり前なんだと思って生きていた、ということなんでしょうかね。その人は、その身分格差をすっかり受け入れた社会を「ある種の調和が取れていた」という言い方をされていました。つまり、見方を変えれば、例えばポル・ポトや文化大革命当時の中国のような、反知性主義的な社会統括に成功した例といっていいですよね。

ニコル　ふーん。そういう世界に生きてみたいと言うんですか。

ヤマザキ　様子を見てみたい、ということだと思います。人々が知性や思想を持たないという社会を上手(うま)い具合に築き上げ、一生懸命働いて年貢を納めて、だけどもその分、見返りとして統治者に守ってもらえるという安心とか安定を享受する。おそらく彼が言わんとしているのはそこにあるのかと。

ニコル　私にはよくわからない。

ヤマザキ　正直、民衆の反知性化というのは今の世の中にも蔓延(はびこ)っていると思いますよ。だから先述したように、天才のように社会性を持てないけれど突出したインテリジェンスを持つ危険分子な人々は、見せ物小屋扱いにして社会的には当たり前の存在として受け入れないようにする。特別であるより、平穏に、長いものに巻かれる生き方が推奨される。現代は、皆に自覚がなくても、自由を謳歌(おうか)できる民主主義が成功しているような感覚でいながら、情報による制御という荘園システムがなんとなく出来上がっているようにも感じます。でも、経済的にゆとりのある家に育つ子供は、教育という長いものに反発しても生きていける導線を引かれるので、さっきニコルさんが言っていた、壁を越えて踏み出していく発想力って、結局そういう中からしか出てこないんですよ。

キューバ革命の指導者であるフィデル・カストロにしてもレーニンにしてもトロツキーにしても、実家は中流階級だったり富農だったりでお金には困っていないし、満足な教育も受けられた人たちです。いいとこのお坊ちゃんじゃないと、思想論を読んだり、文献を読み漁ったりできないだろうし、そういう思考鍛錬ができる環境にないと、時代を先駆けるような発想も生まれてこないでしょうから。

ニコル　なるほど。聖フランシスコが異教徒のスルタンとも対等に話ができるというのは、それはもう教養のなせるわざでしょうね。

「天才」故の、異端扱いと深い孤独

ヤマザキ　裕福な環境もさることながら、こうした過去の天才たちや革命家に共通して言えることは、聖フランシスコもそうだったと思うけれど、みんな至って孤独ですよね。天才たちについては、自分と同レベルの思考を共有できる人がいない。革命家は周りに自分の思想を支持してくれる人たちはいても、リーダーという立場はしょせん孤高です。逆に言えば、そうした深い孤独を経験していないと、そういう人にはなれないということだと思いますね。

ニコル　聖フランシスコも晩年は人里離れた洞窟で暮らしていたし、南方熊楠も奇人扱いされながら黙々と孤独に、研究に勤しんだ人ですからね。

ヤマザキ　日本でも特殊だとみなされて孤高を強いられた人は熊楠以外にもたくさん思い浮かびますね。福沢諭吉や津田梅子や大山捨松のような人たちもそうですが、海外で教育を受けてきた人たちにその傾向があると思います。自分も含め。例えばエコール・ド・パリで活躍した画家の藤田嗣治も深い孤独を抱えていた人だと思います。藤田嗣治は、渡仏してそこでの暮らしにディープに適応していくうちに、自分の国籍という側面でのアイデンティティがはっきりしなくなっていった。彼は周囲が思っていたほどフランスかぶれでもなく、しっかり日本人としての軸があった人だと私は思うんです。

　藤田が戦時中に従軍して描いた「アッツ島玉砕」という壮絶な情景の戦争画があるんですが、一九四三年の発表当時は戦意を削ぐモチーフと問題視され、戦後になれば戦意を煽った戦争協力者だとして日本政府からバッシングを受けるわけです。戦時中はさんざん戦意高揚をけしかけていた政府がコロッと手のひらを返して、今度は非難する側に回ってね。異国の島で玉砕していく日本兵を克明に描いた鬼気迫る藤田の絵が戦意高揚が目的なわけないでしょう。

それで藤田は日本ではすっかり疎まれるようになって失意のうちに日本を後にし、結局最終的にスイスで亡くなります。私はそんな藤田に時々強く感情移入ができるような気がするときがあります。十代の頃にイタリアに渡って以来海外暮らしを続けている自分の置かれている立場が似ているからかもしれないですが、そうやってどこにも帰属できない境遇に身を置くと、孤独ときちんと折り合いをつけて生きていかねばならんとする覚悟と自意識がどこかで芽生えるんだと思う。

モンパルナスのエコール・ド・パリで時代の寵児(ちょうじ)としてたくさんの人に囲まれ、毎日楽しく過ごしているようであっても、本人はどこかで距離感を感じていただろうし、孤独だったと思いますよ。日本人としての誰とも共有できない感性が彼にはしっかりあったわけですから。

絵を描くにしても、何かを創り上げるにしても、また革命を起こすにしても、孤独というのは何かを生み出す人の必須条件だと思いますね。苦しみですね。苦しみというのは猛烈なパワーを秘めていますから。誰かに依存したり、仲間と徒党を組んだり、何某かすがったり帰属できるような甘えた状況だと、突拍子もない発想や創作エネルギーはなかなか生まれてこないでしょう。満身創痍になっても生き延びられる人はやはり追従を許さない表現に辿り着けるのかと。

ニコル　それは本当にそうだと思います。私もヤマザキさんも、周囲から変人奇人と呼ばれているような人たちに惹かれるところがありますよね。

ヤマザキ　ですね。何かを目指そうとしても、それがなせない人は多分無理ですね。本当に枯渇して、ある意味で病むくらいの気持ちにならないと、そういう感性って芽生えてこないので。熊楠も暁斎も、ああいう異端の人はみんなそういう道を歩いていた人ですよね。

先述のウォルター・アイザックソンが一生懸命にレオナルド・ダ・ヴィンチの手稿を分析して記しても、最後は彼なりに理解できた結果を並べてしまうのは、こうした人たちが生きている間心底に秘めていた深い孤独や歪みを感覚的に実感できなかったからなのかもしれません。この本を読んでいて欠落していると思ったのは、ダ・ヴィンチの孤独という闇ですね。彼は自分のノートに、「私には一人も友達がいない」と書き残していますが、藤田もダ・ヴィンチも自分を賞賛してくれる取り巻きはいたけれど、実質的には荒野のような孤独の中にいた人です。

ところでニコルさんは黒澤明の「デルス・ウザーラ」(一九七五年公開)は見たことあり

ますか。

ニコル　はい、見ましたよ。シベリアの厳しい自然の中で暮らす猟師と、そこに調査隊として訪れたロシア人の物語でしたっけ。

ヤマザキ　そうです。ウラジーミル・アルセーニエフという十九世紀末のロシア人の探検家で地理学者の人が執筆した『デルス・ウザーラ』をソ連からの依頼で黒澤が映像化したのですが、私は息子の名前をここから取りました。

ニコル　おお、そうなんですか。たくましい人間になりそうですね。

ヤマザキ　主人公である猟師のデルスはシベリアのタイガ（冷帯の針葉樹を主とした森林）の中で、独りきりで猟をしながら生きています。家族はいたけど皆死んでしまって、本当の天涯孤独状態です。でも、彼はあらゆる自然を味方につけて生きている。彼が帰属しているのは人間社会ではなく、地球そのものです。猟をするにも、きちんと自然や動物たちとのネゴシエーションがある。どこか宮沢賢治（みやざわけんじ）的ですが、デルスのような生き方を人はもっと知るべきなんじゃないかと感じました。子供が生まれたときは私も様々な問題を抱えていて疲弊していましたから、子供に無為に楽観的な希望を託そうという気持ちにはなれなかった。この世に生まれてきたら、早かれ遅かれ生きるということの難しさを必ずどこかで感じるはずだから、でもそんなとき、行き詰まらずに地球に守られていることを思い出してほしくてデルスと名付けました。こうして考えてみると、聖フランシスコも、宗教との関わりはあるけれど、同種族の存在ですよね。

ニコル　そうそう、自然を味方につけるって、エコロジカルな在り方の究極ですよ。

ヤマザキ　人間の社会という視点では孤独だけど、最終的には最強の守備をつけていることになりますからね。

ニコル　魂の自由とは、そういうところにある気がする。

自由の追求は、果てしなくハードル高し

ヤマザキ　自由というのも、なかなか御しがたい、曲者だなと思っているんですが、この間テレビの番組で四回にわたり安部公房の『砂の女』を解析しまして、あの小説はまさに自由という脅威を描いた作品だと思います。

ニコル　私も読みましたが、すごく複雑な構造を持った小説で、いろいろ考えさせられますね。

ヤマザキ　自由という、あらゆる生きる苦悩から解放してくれそうなこの言葉の向こうにあるものに、安部公房は着眼したのでしょう。そもそも私たちは自由という言葉にか

なりごまかされている部分があると思うんですよ、自由はいいことだ、自由は人間の権利だ、などと普段はとても安直にこの言葉を使うけれど、自由というものをメンテナンスするのは結構大変なんです。『砂の女』はまさにそれを象った小説ではないかという私の見解を番組では伝えました。

群生の生き物である人間にとって自由も本来であれば群れの中で得られる感覚を指していると捉えることもできます。ですが、その群れに窮屈さを感じ、独立する解放を自由と解釈した場合、はたしてどこまでその舵を取れるかっていう話ですよね。そんなような問いかけがこの小説を読んでいるとみえてくる。自由万歳と砂漠のど真ん中で叫んでも、生き延びていける保証はないわけですから。

ニコル　確かに砂漠のど真ん中にいて、何もできないけれど自由だけがあるという状況では、思考停止してしまうかもしれない。今まで自分が考えていた自由の概念が簡単に崩壊してしまうかもしれないですね。

ヤマザキ　だから自由については、その性質を一度しっかり理解しておく必要があるかと思うのです。デルス・ウザーラや藤田、そしてダ・ヴィンチやジョブズなどは孤独を味方につけることで自由を稼働できていた人たちだったかもしれません。でも彼らは好き好んで自由を選んだわけでもないでしょう。もともと群れと一体化できない自分の特異性を守ろうとしていたら、それが傍からは自由と形容されるようになっていった。

ニコル　砂をいつも運んでいるあの女を、ヤマザキさんはどう見ていますか。

ヤマザキ　あの女はいわば一般概念としての〝不自由〟というものを具現化した存在ですよね。自我も自由もない中で、虫けらのように淡々とただ毎日自分の巣を砂から守りながら生きている。でも、さっき話した荘園制度の中で生きている人々のように、その狭い世界も農奴のような自分の在り方も、彼女ならそれが当たり前だと思うでしょう。この生き方の何が悪いの？　と。

その女が棲んでいる砂丘にある日男がやってくる。やってきた目的は昆虫採集です。男は新種の昆虫を捕まえるために砂丘を歩いている。新種を見つけると自分の名前が学術名として永遠に記録されるわけです。要するに一種の自己承認欲求ですね。生まれてきたからには何か特別な存在でありたいという、実存主義的執着心みたいなものが彼にはあるわけです。なにより自分個人の存在証明は群れの属性から解かれた自由の証でもありますからね。

ところが、そうした価値観を持つ人間が、女の棲む砂の穴に落ちてしまったときに、世界が一変していくんですね。最初は何とか砂の穴から出ようともがき苦しむんですが、砂というのは流動的で自由の象徴のように見えていて、実際は水のように質が悪い。もがけばもがくほど沈んでいく。蟻地獄がまさにそういう砂の習性を利用した昆虫の罠ですね。男を村から出すまいとする集落の人々の妨害で何度も脱出に失敗するうちに、疲弊し、考え方が変化していく。自分が戻ろうとしている外の世界には、果たして自由があったのだろうか。教師として勤めていた学校での人間関係やうまくいかない夫婦問題をいろいろと思い出すうちに、狭い砂の穴の住居で、ひたすら砂を掻き出すだけの日常が当たり前だと思っている女のほうが逆に自由に生きているように見えてくるわけです。

女はとてもシンプルな存在です。巣を守り、異性がいれば繁殖行動をし、本能に対して忠実に、生存に必要なことだけしていればもうそれでいい。自分の在り方や自分の思想に拘ってあれこれ思い悩み続けている男より、その女のほうが明らかにたくましい描かれ方がされている。あの女の存在は、自由を解放だと解釈してきた男にとって、絶対に認めたくない脅威だったのに、結局最後は彼女の生きかたを受け入れ、彼女に対して愛情のようなものさえ芽生え始める。人間の生きる社会と自由の関係性を問う普遍性を持った傑作だと思います。

ユーモアを込めて惨憺たることを書く

ニコル　非常にシンボリックな小説ですね。自由というものを別の視点で見てみると、全く様相が変わってくる。いかに自由という概念が困難なものか……。今のヤマザキさんの話を聞いていて、最近読み返しているジョン・バージャーを思い出しました。安部公房に共通する世界を感じます。

ヤマザキ　ジョン・バージャー。安部公房と同種族の作家なんでしょうか。

ニコル　たぶん。ヤマザキさんきっと好きだと思います。イギリスの小説家で美術評論家でもあって、小説『G.』でブッカー賞（一九七二年）を取っています。フィクションではないんですが、彼の本で一番有名なのは『Ways of Seeing』。日本では、『イメージ――視覚とメディア』というタイトルで翻訳されています。「ものを見る」という行為を検証することによって、人間の本質に迫るというか。ある意味、文明論でもある。アメリカやヨーロッパでは、美術史を研究するとみんな読まされるんです。

ヤマザキ　へえ、美術関係の人でもあるんですね。面白そうです。安部公房の作品はよく不条理文学といわれているんですが、ジョン・バージャーも小説ではそういう世の中の風刺のようなことを書かれているんですか。

ニコル　彼の著作で私が一番好きなのは、『Here is Where We Meet』という、彼の自伝とも小説ともいえる不思議な作品なんですが、すべての価値観を根底から問い直そうという気にさせる本です。

彼はポルトガルのリスボンにも暮らしていた人で、その小説の舞台もリスボンの広場なのですが、彼がある時その広場を歩いていると、傘を杖（つえ）にしたある女性が近寄ってくる。よく見るとその人は、十年前に亡くなった自分の母親なんです。死んだはずの彼女がなぜそこにいるのかわからないまま、二人は様々な会話を始めます。子供の頃のこと、父親の問題、そして彼がとっくに忘れてしまっていたいくつかのことについて。彼自身が自問自答しているだけなのかもしれない。でも死者との会話という形をとることで、自分が生きている世界の輪郭がだんだん曖昧なもののように感じられて、今現実だと思って見ていることは本当に確かなのかという不安な気持ちを抱かせる。シンボリックで刺激的で型破りで、読み終わってからもずっと考えさせられる。そういう意味で、安部公房に近い感じが私はしました。言葉の使い方もすごく似ているような気がする。

ヤマザキ　レトリカルな感じなんですね。

ニコル　うんうん、そうです。一つ一つの言葉に含意がある感じ。

ヤマザキ　そのお話、ポルトガルを代表する、やはり不条理文学の作家であるフェルナンド・ペソアを思い出しました。彼も自分の人格をいくつも作って、互いの言動や現象を俯瞰しているような作品を描いていますし、あとはシチリア島出身の十九世紀の作家ルイジ・ピランデルロですね。彼の作品も不条理な社会に対しての揶揄です。

安部公房文学は早くから海外での評価が高かったのですが、特に、ソ連やチェコといった東欧の社会主義国ですごく売れたんです。

ニコル　ほお、そうなんですか。

ヤマザキ　一九六〇年代に全世界で翻訳され、評価が高まるようになる中、彼は何度か東欧の社会主義国に旅をしています。彼が社会主義の国で評価されたのは、実にわかりやすいですよね。抑圧された社会環境の中で何が自由かということを問うことは、社会主義の国にいる人たちのほうが圧倒的に切実です。アメリカ人や私たち日本人みたいに、ある種のリベラルを許されて生きている人たちよりはよっぽど自由について考える機会も、時間も長いと思います。

ニコル　安部公房は、フランツ・カフカにも非常に影響を受けていますね。

ヤマザキ　はい、カフカの写真を仕事場に貼っていたほど、強い影響を受けています。安部公房は、唯一無二の彼の文学的世界を樹立してしまった人ですが、カフカと並んで例えばコロンビアの作家であるガルシア・マルケスのことも称賛しています。

ラテン文学のマジックリアリズムに彼は強い関心を持っていたようですね。マジックリアリズムという表現方法もやっぱりレトリックですよね。実直に社会はこんなにひどいんだぞとか、こんなに苦しいんだぞということを、そのままストレートな言葉で書くものは面白くも何ともない。おとぎ話のイソップ童話のように、何の話をしているのかなと思ったら、実は自分たちの社会の比喩だったというように、修辞的に表現してほしい。

『砂の女』はまさにその手法をとった作品であり、しかも、あんなシビアできつい内容なのに、そこはかとなく洒落(しゃれ)が演出されている。ユーモアを込めて惨憺たることを書くと、読み手は感覚的にその情景を受け入れる。そういうテクニックを使える人が私は素晴らしい表現者ではないかと思っています。

ニコル　そこは私も同感ですね。彼らはユーモアを持ちながら、私たちを取り巻く世界がどれほど矛盾に満ちているか、普遍的な問題を常に問いかけている。考えるきっかけを、とても刺激的な形で与えてくれますね。

第三章

人類の歴史で普遍的なのは、笑い（ユーモア）の精神

なぜ表現には「ユーモア」が必要なのか

ニコル　安部公房のところで、表現にはユーモアが重要という話になりましたけど、私もまさにそうだなと思う。深刻なんだけれど、クスリと笑えてしまう表現って、日本で言う「粋」にも通じるし、その人の知性を感じますよね。

ヤマザキ　そう。文学作品にかかわらず、それこそ河鍋暁斎のような絵の世界や彫刻でもユーモアというのは、とても大事な感覚だと思います。短絡的な笑いではなく、知性

に働きかけるユーモアを生むには、かなり高度な知性が問われます。笑いは創作を生み出す脳の「のりしろ」のような部分で生み出されるような気がしていますが、意図的になりすぎてもわざとらしいだけ。なかなかセンスが必要なんで、どれだけの表現者がスマートな笑いを演出できているかというと、そうたくさんは思い浮かびません。最近、日本の文学とか読んでいてもクスリともできないものばかりで、ユーモアを駆使した描写があったとしてもどこかわざとらしさが目立つような感じ。やはり、戦後のような失うもののない状況の中でなければ磨かれない知性というのがあるのかもしれません。

ニコル　ユーモアというと、私の中で真っ先に思い浮かぶのが、今お話に出た暁斎ですね。あの人はまさに反骨とユーモアの人。凡人とは器が違うんですよ。あの鬼や妖怪、幽霊なんかも、どこか表情がとぼけていて笑いを誘うし、それだけでなく絵の中に強烈な風刺を込めているわけですからね。ストレートに批判するのではなく、絵とユーモアの力で人々にアピールする。これって、ヤマザキさんのおっしゃるとおり、すごく知的な作業だと思います。

ヤマザキ　同感です。

ニコル　暁斎の場合、絵だけでなく、彼自身の生き方もユーモアに満ちていて、人がえっと思うようなことをサラッとやってのける人物だったようです。例えば、暁斎って明治の初めに、新政府の役人を批判する戯画を描いて、政治批判をしたということで捕まって、しばらく刑務所暮らしをしているんですね。で、翌年、刑を終えて刑務所を出ると自分の名前を変えちゃうんです。それまで名乗っていた「狂斎」という名前の漢字を変えて、読み方の音は同じなんですが、「暁斎」と名乗るようになる。これって彼独特の洒落だと思うんです。お上の圧力を煙に巻いてさらっとかわす。投獄の憂き目に遭った後も彼の反骨精神は衰えずで、またそれを諧謔にくるんで表現するテクニックとアイデアは素晴らしい。そういう意味で、私の好きな現代漫画にとっても元祖的存在といえますし、魅力的な画家ですよね。

　何しろ一八七四年の後半、明治の新時代に、暁斎は仮名垣魯文と組んで、日本人による日本初の漫画雑誌『絵新聞日本地』を刊行しているんですよ。新富座のあの見事な引幕を暁斎に依頼したのも仮名垣魯文だし、この二人のコラボはまさに日本のサブカルを牽引していたんじゃないかと思いますね。

ヤマザキ　洒落が効いていますね、暁斎は。

ニコル　私は暁斎をピカソだと思っているんですが、どうも日本ではそこまで評価されていないような気がして、ちょっと不満なんです。日本の美術史上、稀にみる天才が面白い作品をたくさん残しているのだから、もっと興味を持ってほしい。

ヤマザキ　私のイタリアの自分の部屋に暁斎のカラスとシロサギの絵が飾ってあります。ニコルさん仰せのとおり、一般の人と浮世絵なんかの話になって暁斎という名前を出してもすぐにわかる人はそんなにいないですね。

ニコル　そうですね。実は、私はヤマザキさんの部屋に暁斎の絵が飾ってあるのを知って、ヤマザキマリという漫画家と暁斎がシンクロしているように感じたんです。

ヤマザキさんと暁斎の間にどういう共鳴を感じたかというと、線の芸術によるグラフィックパワーの追求です。構図、誇張されたジェスチャーや表情といった動的表現、視覚的に展開される物語の中にある同時代性と批評性。そして、最後にファンタジーとユーモアです。漫画『テルマエ・ロマエ』を見ても、『オリンピア・キュクロス』を見ても、その物語の向こうに暁斎が微笑(ほほえ)んでるような感じがするんですよ。その意味でヤマザキさんは、単なる漫画家ではなく、イメージ、物語、歴史、ユーモア、そして鋭い批評性を通して、私たちに人間の本質を見せてくれるカウンター文化の先頭にいる人なんじゃないかと思っています。

ちなみに、最近、私が若いのにユーモアのセンスがあるなと思ったのは、環境問題を痛烈に批判して注目を集めている十代の活動家のグレタ・トゥンベリですね。これはもう有名な話ですけど、ブラジルのアマゾンで違法伐採を阻止しようとして先住民が殺された事件を受けて、Twitterに、このひどい事件を世界が取り上げないのは恥ずべきだという強い抗議の声を投稿したんですね。それでその事件が世界中に広まって問題視されたんですが、それを受けて、ブラジルの極右のボルソナーロ大統領が、グレタのことを口汚くののしった。「世界のマスコミがあんなガキに振り回されて紙面を割くとは！」と、グレタをガキ呼ばわりした。

それを聞いたグレタは、すぐ自分のTwitterのプロフィール欄に、ポルトガル語で「ピハーリャ」、つまり「ガキ」という自分の呼称を追加したんですよ。喧嘩腰でわめくんじゃなく、こういうやり方ってチクリと風刺が効いてるし、ユーモアがあるじゃないですか。

洒落の通じない社会は終わり

ヤマザキ　ユーモアは自分にはゆとりがある、という顕示にもなりますからね。イタリアなんか喧嘩に発展する前はこうした皮肉のやりとりが交わされて、どちらかが先に情動的になると負け。つねに状況を俯瞰で観察できる批判精神は大事ですね。

ニコル　そうそう、暁斎的な批判精神のある洒落が大事。

ヤマザキ　そういう意味で、私は落語という文化は素晴らしいと思っています。落語というものが誰でも当たり前に聞けていた時代というのは、人間も成熟していたんじゃないかと思いますよ。自分たちの生き方を客観的に捉え、滑稽な話に仕立てて笑い飛ばすことで生きる勇気に変えていく。毎日の日銭を稼ぐのにも大変な人たちにとっての極上の鬱憤晴らしですよ。落語はそういう力を持っているし、江戸時代というのはそういう文化が根付いていた時代なんですよ。それが突如、西洋式な生き方を導入しようということになって、こういう日本独特の洒落精神が吹っ飛ばされてなくなってしまった。それまで自分たちのみっともなさを自覚して悠々自適にやりくりする生き方から、世界に恥ずかしくない理想的な人間を目指す生き方に急遽（きゅうきょ）方向転換を強いられてしまった。

ニコル　そういう変化を敏感に捉えて、暁斎は風刺したんですよ。何やってんだ明治の役人はって。まさに日本のカウンター文化です。

ヤマザキ　西洋の文化や教えが正しいとする西洋中心主義によって、日本が失ったものは少なくないのではないかと思います。なにも西洋に抗（あらが）えというのではなく、それはそれで文化の一形態として学んでしかりだと思いますが、日本という地政学を考慮した場合、向き不向きなコンテンツもあるということを配慮すべきだった。でもそんな混沌（こんとん）があっても、日本式のユーモアというのは生き続けていくわけです。安部公房にしても三（み）

島由紀夫にしても開高健にしても、どんなに世界何か国で翻訳が進められようと、知名度が上がろうと、彼らはやはり明治以前から存在する日本的なユーモアの使い方を知っていた人たちです。

あの時代の縦横無尽なダイナミックさとユーモアを駆使しつつドラマティックな内容を描ける作家が今どれだけいるのかはわかりません。時代の流れを配慮すれば、今の時代には今にあった作品が生み出されているわけで、それは然るべきことだと思うのですが、表現には世相がもろに表れますからね。何か言えば差別用語だとか、ハラスメントだとか、言葉にこれほどの規制がかけられている世界では、振り幅の大きい感動をもたらしてくれるような作品は評価されないでしょうし、洒落やユーモアも抑制されてしまうでしょう。会話をしていても洒落が通じない人がどんどん増えてますからね。

ニコル　文学でもアートでも、惹きつけられるものには、どこかユーモアの精神が宿っていますよね。私よく思うんですが、言語は違っても、ユーモアの感覚って全世界共通じゃないですか。

ヤマザキ　そうですね。笑いは万人に共通だし、笑いを求める精神性は古代も今も変わっていないと思うんですよ。

ニコル　うん、だからヤマザキ作品の主人公デメトリオスもルシウスも、二千年の時空を飛び越えて現代にやって来ても通じ合えるわけですよね。そこにヤマザキさんの歴史を見る哲学がある。

ヤマザキ　人類には負の歴史もたくさんあるけれど、先が見えない辛い時代であっても、それを滑稽なものとして捉える知恵が人類にはあります。喜劇や道化という文化は紀元前のはるか昔からありましたし、古代ローマ時代の壁の落書きなんかにも、洒落の効いた言葉がたくさん書かれている。戦争が終わるや否や日本の新聞には『サザエさん』という、憔悴（しょうすい）した日本をユーモアに転換できる漫画が現れた。ユーモアや笑いの精神は、人間が生き延びるために生み出した知恵でもあるので、その必要がなくなってくるということは社会が本当に危機に瀕（ひん）していることを意味するのかもしれません。

私はディズニーが受け入れられない子だった

ヤマザキ　ところでニコルさん、テックス・アヴェリー（一九〇八〜一九八〇年　アメリカ・テキサス州出身のアニメーター、アニメ監督。ハリウッドにおけるカートゥーン黄金時代を築いた）っていうアメリカのアニメーターを知ってますか。「トムとジェリー」のいくつかの作品や「ドルーピー」シリーズを作った人なんですけど。

ニワル　あ、アニメに革命を起こしたという……。

ヤマザキ　そうです。彼はそれまでのアニメの実写映画の亜流のような善良な表現としての枠を壊し、皮肉な作品を作って社会批判も受けた人です。あらゆる物理的法則を無視して、最初に見た人は、さぞかしびっくりしただろうと思います。アヴェリーはある意味、その当時のアメリカの豊かさや傲慢さを揶揄したり皮肉っているアニメーターでもある。私も全集を持っているので時々引っ張り出してみたり、友人に勧めたりしてますが、彼こそ時代も国境もない笑いを作る達人だったと思います。しかし、ユーモアを生業（なりわい）としている人にありがちなことですが、やはり彼もちょっと精神を病んでしまったんですね。時代をぶった切る革命的なことをする人は無論孤立しますし、疎まれますから、健全に過ごすためにはよほどタフでなければならない。彼のマニアックさを見ていると、アスペルガー症候群だったのではないかとも思いますが、彼に限らず、社会に求められていながら、社会性不適応というのは苦しいはずです。

私はアヴェリーのアニメが子供の時から大好きでした。そのせいで自分の性格やものの見方も影響を受けたのかもしれないんですけど、こういう人が活躍できていた時代というのはいいなあと感じるんです。ああいうアニメが一世を風靡したのは、一九四〇年代半ばから五〇年代くらいですかね。

ニコル　アメリカはちょうど三〇年代の終わりから四〇年代くらいに、どんどんヨーロッパからの移民が多くなっていて、その気風がかなりアメリカの文化に浸透しているんですよ。様々な文化が混じり合って醸成されるエネルギーに満ちているというか、エキサイティングで刺激的で、アメリカの文化はこの時がすごくよかったと私も思います。アインシュタインもガーシュインもそうだし。

ヤマザキ　そうですね。テックス・アヴェリーは南部のテキサス州生まれですけど、アメリカ的な作品を残した音楽家のガーシュインもともとはロシア系移民の子だし、ユダヤ系のアインシュタインはドイツからの亡命者だし、そういう移民の人たちによってアメリカ文化は構築されているんですよね。

ニコル　その時代でいえば、「トムとジェリー」とは作り方が全く違うけれど、ディズニーの最初の頃は、本当に面白かった。

ヤマザキ　私も最初の頃のディズニーは好きだったんですが、途中で見るのをやめてしまった。情緒をコントロールされてるような気がして、好き勝手に見られない。一方的な道徳観の共生を強いられているような。

ニコル　ああ、その感じわかります。人気が出るにしたがって、だんだんストーリーが説教臭くなるとか。

ヤマサキ　なんて言うんでしょうね、あの感覚は。その点では、シュールなテックス・アヴェリーや「トムとジェリー」のほうが圧倒的に面白かった。作者にはそもそも意図なんかないし、社会を揶揄するお笑い作品であってもどこか切なくなったり、感動したり、受け取り方はとにかく自由だった。視聴者に媚びない唯我独尊的なものがあった。そういう要素がディズニーにはないんですよ。

ニコル　ないですよね。そういう点では、私は子供の頃は「ロードランナー」が一番好きでしたね。

ヤマサキ　あれもシュールでしたね。

ニコル　ロードランナーって鳥なんですけど、ものすごいスピードで走り回るんですよ。それを捕まえて食べようと狙っているのが、いつもお腹をすかしているコヨーテ。この二人が年中追いかけごっこをしていて、コヨーテは四十秒くらいの間に、何度も死ぬ（笑）。でもまたすぐ生き返る。

道徳的な箍（たが）を外した「トムとジェリー」

ヤマサキ　「トムとジェリー」でもそうしたスラップスティックな表現は全開です。物が落ちてきてぺしゃっと平べったくなっても、細長く伸びてしまっても、全身蛇腹になっても、次のシーンでまた元に戻っている。どんな目に遭っても絶対死なない。アニメにスラップスティックな展開の土台を作ったのがテックス・アヴェリーなんです。

ニコル　私もそういうのが好きだった。

ヤマザキ　安部公房とは立ち位置が違うんですけど、実は彼が作ったアニメのコンテクストも、安倍公房のような不条理性に満ちているんです。業の深い人間をどこか俯瞰で観察しているような、事象との距離感がある。落語と同じで、人間をどこか冷めていながらも、興味深く好奇心に満ちた目で見ているというのか。私はそもそも親が家に居なくて、子供だけで留守を切り盛りしなければならない家庭環境に育ったせいで、はやいうちから人間を斜めに見ていたところがあったから、ディズニーのような社会に夢と希望を託しているような作品だとダメだったのかもしれない。

ニコル　ディズニーの最初の頃はそうでもなかった。例えば「ファンタジア」とか、私は結構好きでしたが。

ヤマザキ　ああ、確かに「ファンタジア」は素晴らしいです。でも、あのアニメは正常な精神状態で作られていない説がありますよね。だから面白いのかもしれないけど、アニメというジャンルを通り越した別の表現作品だと思ってます。ニコルさんはレン・ライ（一九〇一〜一九八〇年　図像を音楽と同調させて表現したアニメーション技法の先駆的存在）って知っていますか。

ニコル　あまり詳しくないですが。

ヤマザキ　レン・ライとか、ジョン・ホイトッニー（一九一七〜一九九五年　アメリカのコンピュータ－アニメーションの先駆者）、それからジョーダン・ベルソン（一九二六〜二〇一一年）。彼らは音楽とアニメーションなどを融合させたような映像作品を作る大変興味深い表現者たちです。「ファンタジア」はどちらかというとそちらの方向、視覚芸術作品に近いですよね。ディズニーはああいう作品であればもっと見てみたかった。ディズニーで「ファンタジア」と同じノリの「三人の騎士」という中南米のプロモーションアニメがあるんですが、これは音楽も映像も美しくてビデオで買ってしまいました。一九四四年の作品ですが、太平洋戦争の真っ最中にあんな映像を作っていたと思うと驚きです。

ニコル　今、「ドント・セイ・ゲイ」法案をめぐって、フロリダ州の知事とディズニーが対立していますね。

ヤマザキ　ああ、「ドント・セイ・ゲイ」って、フロリダ州ではゲイという言葉を使うなとかいう教育規制でしょう。フロリダって結構保守的なところだから。

ニコル　フロリダにはディズニー・ワールドがあって、広大な敷地がディズニーの特区になっていて、税制上ものすごく優遇されているんですよ。そういう特権に対しての反発もあって、ディズニーに対抗するような法案を作ったらしい。

ヤマザキ　フロリダ州におけるディズニーの力の大きさが窺(うかが)えます。エンタメの持つ宗教性と政治性が完全に露呈してしまった感じですね。あからさまに。

ニコル　うん、ちょっと怖いですね。

ヤマザキ　エンタメというのは確かにそういう力を秘めたものではあるんですよ。皇帝ネロですら、民衆を統括する最良の手段は歌舞音曲だと信じて、自ら舞台に上がって歌や演奏や演劇をお披露目していたほどです。実際、一人の政治家よりも影響力のあるミュージシャンや俳優が何か言ったほうが民衆はそちらを支持しますからね。だから、エンタメは扱いがなかなか難しいんですよ。ディズニー自身も政治とは無関係じゃありませんでしたから、社会的な統括としてのエンタメのパワーについては熟知していたと思います。

文化的な扱いをされることで潰れていくもの

ヤマザキ　話は変わりますが、先日浅草(あさくさ)に、浪曲を見に行ったんですよ。関西からずっと続く大衆文化をやっている京山幸枝若（きょうやまこうしわか）さんという人がいるんですが、この方が素晴らしいんだと友人に誘われて、日本の文化をあまり知らない息子も一緒に行ってきました。浪曲は私にとって全く未知の世界の表現だったんですが、オペラともまた違うんですけどなんとも味わいぶかくて、今のように映画やテレビが普及していなかった時代に市井（しせい）の人々が楽しんでいたのがつくづくよくわかる。それなのに、お客は数十人くらいでしょうかね。芸歴としては人間国宝級の人だと思うのですが、その扱われ方がなんだか腑（ふ）に落ちないわけですよ。浪曲というのはまだ大衆芸能の域のものなんですね。

ニコル　ああ、そういうことですか。

ヤマザキ　日本ではどうやら大衆文化として経済的にお金が回らなくなってきたもの、動員数が少なくなってきたものには、表現者に文化勲章を受章させるなどして、文化的な扱いに移行させていくらしい。あくまで私の勝手な見解ですけどね。人形浄瑠璃なんかもかつては娯楽として普通に誰でも見に行ってたものだったはずだけど、いつの間にかどこか高尚な文化の扱いになっている。歌舞伎なんかは大衆芸能のままだけど、日本が誇る伝統芸能として海外でも認知されています。でも、落語や浪曲はそういう領域のものではないんだなと。美術と漫画の違いを考えさせられました。

だけど漫画も、あと百年後、二百年後に大衆離れが進み、表現する人が少なくなってきたら、希少な芸術扱いをされるようになるんでしょう。大衆だけでは支えきれなくなった時点で国から存続のための保護がされるようになる。
先にも述べましたが、フランスでは漫画も第九番目の芸術としてカテゴライズされていますが、その途端になんだかとっつきにくいものになってしまったような違和感をちょっとばかり覚えました。

ニコル　日本でもそういう扱いがもう始まっているんじゃないですか。例えば、最近はオークションで原画を売るじゃないですか。

ヤマザキ　売ってますね。本物も偽物も。

ニコル　ちょっと前にボナムスで、ある作家のアニメのセル画がすごく高い値段で売られていたんですよ。あれは結構ショックでした。漫画もこういう世界に行こうとしているのかと思うと、私はすごく心配です。

ヤマザキ　つげ義春（よしはる）さんの『ねじ式』の原稿がオークションに出たらこのくらいの値段だろうというのをネットか何かの記事で見ましたが、有名な画家の一点ものと同じくらいの値段でびっくりしました。まあそりゃそうですね、つげさんはもはや伝説の漫画家ですから。漫画の原画というのは、原作者の家に普通に保管されたりしてるわけですが、それを所持しているだけで課税対象になるんだそうですよ。実際課税された人の話はまだ聞いてないんで、本当のところはどうなんだかわかりませんが。

ニコル わあ、そうなんですか。財産とみなされるんですね。

ヤマザキ もし自分の持ってる漫画の原稿が課税対象になるんだったら、とんでもない話なので、どこかに寄贈しちゃうしかない。

だけど、表現作品イコール金みたいな感じの短絡的な扱いになっていくことで、確実に潰れていくものってありますよね。人が生きていくのに必要なものには換金性のないものだってあるはずです。だけど結局、課税だなんだと経済的な処理で括られてしまうと、興醒(きょうざ)めしてしまいます。人間から発生することは全て換金対象。表現意欲も萎えますよ。

文化の保護とアーカイブの重要性

ニコル 漫画のアーカイブは絶対きちんとやってほしい。明治大学の「現代マンガ図書館」は、かなり頑張って立派なものを作ったと聞いていますよ(明治大学「現代マンガ図書館」は、漫画の単行本や雑誌、評論集など、書籍約二十七万冊が収蔵されている国内最大級の漫画専門図書館)。

ヤマザキ 明治大学のマンガ図書館は充実しているようですね。他にも京都や岐阜などに自治体でやっている漫画図書館はあるんですけど、国自体では保護政策をやってませんね。フランスみたいに芸術という領域のものではないし（明治大学の他に、自治体が管理するマンガ図書館として、飛騨まんが王国（岐阜県）、有田川町地域交流センター（ALEC）（和歌山県）、京都国際マンガミュージアム（京都府）、吉備川上ふれあい漫画美術館（岡山県）、広島市まんが図書館（広島県）、北九州市漫画ミュージアム（福岡県）などがある。カフェがあったり、デジタルデバイスが充実していたりと、それぞれ趣向を凝らしている）。

ニコル　個人や自治体に任せっぱなしではなく、国でもきちんとやるべきだと思うんですよ。

ヤマザキ　大衆の需要が高いうちは国が手を貸さなくてもいい、ということなんでしょう。浮世絵と同じく、やる人が減ってきたら保護の対象となる。だから大英博物館のマンガ展は漫画を生業とする身にとってなんとも誇らしい気持ちになりました。

ニコル　じつは、大英のマンガ展の開会式で、日本の漫画のナショナルアーカイブ構想の発表を同時にしようという動きもあったんですよ。でもね、結局なし崩しになって駄目でした。日本の政府の中で反対があったのだと思います。

ヤマザキ　考えられないことじゃないですね。

ニコル　漫画だけでなく、日本の伝統工芸のことも考えると、心配になる。そういう工芸を作っている人たちは高齢化しているから、その技術の存続が危うくなっているんですよ。継承者も少ないし。だから国の援助があっても、本当の意味での助けにはなっていない。伝統工芸の場合には、市場を作らないと食べていくことはできないじゃないですか。だから日本の政府にはもう少し視野を広げて、市場を作るために積極的にお金を使ってほしい。

ヤマザキ　対談の最初で、東京国立博物館にはたくさんのコレクションがあって、展示されているものの何倍もの作品が倉庫に眠っているという話をしましたよね。あの頃はとにかく、自国の文化を司る様々な工芸作品を四方八方から集めて、他国に引けを取らないクオリティの施設を作るんだという情熱があったわけですが、当時の日本ではまだ浮世絵にしても歌舞伎にしても落語にしても、大衆によって支えられる文化がまだまだ元気だったから、一般の人には文化事業推進の中枢の人の焦りは理解できなかったはずだし。いまだにその時の付焼刃(つけやきば)的気配が残っているように感じることがあります。例えば日本では美術展に足を運ぶのに、なにか心構えみたいなのを持つ人が多い。「西洋の絵画の見方がわからない、恥をかかないように西洋絵画の見方を教えてほしい」と言われたりすると、なるほどと思います。でも、漫画雑誌となると皆さん、ものすごく気楽なノリで読んでいる。一枚の原稿を描くのにどれだけ大変だったかなんてことは、誰もあまり考えないでしょう。

ニコル　今の漫画家さんはデジタルデバイスを使って原画を描くじゃないですか。だから保存の仕方は違うと思いますが、紙に描いた原画は、本当にきれいに保存しないとあっという間に劣化してしまいますよ。

ヤマザキ　自分の家にある原稿もかなり蔑ろな扱いを受けています（笑）。

ニコル　それは大英でマンガ展をやったときに実感しました。原画にテープがついたままだったりとか、もう少し丁寧に扱わないと。原画を確実に残すためには、さらにデジタル保存も必要です。集英社のデジタルアーカイブに関しては、感動するくらい立派で驚きました。原画を全部デジタル写真にとって保存している。今が転換点だと思うので、原画本体の保存はもちろん、他の出版社も頑張ってデジタル化を進めてほしいと思います。

ヤマザキ　ニコルさんの漫画愛って、筋金入りですね（笑）。でも本当にそのとおりだと思います。

ニコル　だって二百年後の人たちにも今の漫画を読んでほしいじゃないですか。ヤマザキさんのおっしゃるように、いつの時代も笑いの精神に変わりはないと私も思っているので。

第四章

想像力をすり減らす同調圧力

日本の同調圧力の根底にあるもの

ヤマザキ　コロナで二年半イタリアに戻れず足止め状態だったわけですが、社会の空気がどんどん狭窄的になっていくのが肌で感じられました。コロナウイルスに感染したことを苦に死を選んだ人もいましたし、ＳＮＳなどの治安もどんどん悪くなっていく。ちょっと何か他の人と違うことを言おうものなら、いつでも袋叩きにあう。常に体裁や人からのリアクションを考えて行動しなければならない。

ニコル　空気を読む感じ、ですか。

ヤマザキ　日本はやはり調和性が重視される社会ではあるんだけど、それにしてもその調和のために求められる要求のレベルが低くなってきている気がするんです。明らかに言語や表現への暗黙の統制が稼働している。そしてジャッジも厳しくなっている。

ニコル　江戸時代なんかはわりと開放的でしたよね。浮世絵にもセクシャルなものがたくさんあったし、性的にも表現が自由だった感じがします。

ヤマザキ　そもそも江戸時代には、良家の子息はある年齢になると親がわざわざ吉原(よしわら)に連れて行くという通過儀式がありましたからね。江戸の性意識は古代ローマ時代にも共通するところですが、どちらも宗教的倫理の戒律に縛られていないからでしょう。そのむかし、ポンペイ遺跡の発掘が本格的に進められていた最中、壁にたくさん官能的なフレスコ画の描かれたルパナルと呼ばれる売春宿(ばいしゅんやど)の跡が出てきました。絵のモチーフはカーマスートラ的なものですね。発見した西洋人の発掘チームは狼狽(うろた)えてしまったわけです。ギリシャ、ローマの人々というのは性的モラルがすごく奔放で、キリスト教を基軸とした現代の倫理とは全く違っていたことが一目瞭然なわけです。ポンペイというのは性の無法地帯のような町だったんだと大騒ぎになったんですが、ルパナルなんてのは正直古代ローマの領域であればどこにだってあったわけで、たまたまピンポイントで発掘されたのがポンペイだったというだけの話です。例えば、ポンペイにとってのヴェスビオ火山のように富士山が噴火して東京が埋もれたときに、発掘隊がたまたま最初に掘ったところが新宿の歌舞伎町だった、みたいな感覚でしょうかね。

ニコル　なるほど。いってみればポンペイの絵は、浮世絵の春画みたいなものですね。

ヤマザキ　春画なんて要するに『プレイボーイ』みたいなグラビア誌を手に取るようなものでしょう。どんな家にもあったと思いますよ。性的な表現がいやらしいだのなんだのと抑制されるようになったのは、西洋のキリスト教的な倫理の影響によるものでしょう。

ニコル　それが、いつぐらいから変わったんですか。

ヤマザキ　戦国時代、日本にやってきたイエズス会の宣教師がすでに日本の性の奔放さに驚いていた。その後の鎖国を経て十九世紀になって黒船が来航します。その頃日本に来た西洋人たちもまた、混浴の風景や男女のだらしない衣服の着方を見て仰天している。だけどそれからわずか半世紀後、フランスでの留学から戻った画家の黒田清輝が描いた裸体画が、警察から咎められる。幕末までは春画なんて当たり前だったのに、明治維新以降、裸体の表現はよろしくないものという意識が急激に浸透しつつあった。

それから間もなくして第二次世界大戦があり、日本がアメリカの統括下におかれてからは、それまでとも違う、ピューリタン的なもっと厳しい倫理があらゆる文化を通じて人々の中に根付いていくようになったように思います。かといって、完全にキリスト教的倫理に拘束されてしまったというわけではない。だから風俗という業種はなんだかんだで残り続けていますよね。これもまた西洋式社会化が適応しない日本の資質だと思うんですが、他とはちょっと違う独特な不思議な性的倫理が形成されていったんだと思います。

ニコル　キリスト教的メンタリティーの弊害って、日本だけの問題じゃないですよね。

ヤマザキ　そのとおりです。レヴィ・ストロースの『悲しき熱帯』における少数民族の高等文化へのキリスト教的ヒューマニズムの強制に対する問題意識もそうですし、エドガール・モラン（一九二一年〜）というフランスの哲学者も、世界のあらゆる地域に一方的にキリスト教を中心とした西洋的な考え方を洗脳させてしまっているのは非常に問題であると警鐘を鳴らしています。いってみればそれ自体が倫理の巨大な同調圧力ということですよね。日本の場合も昨今の人々の非寛容的な有様を見ていると、その影響を少なからず受けているんじゃないかと感じます。

才能ある人は日本では生きにくい

ニコル　福沢諭吉のときも、日本は突出した人を嫌がるという話が出ましたが、そのような空気が醸成されるのは、みんなどこかで不安や自信のなさを感じているのかもしれないですね。

ヤマザキ　以前脳学者の方と対談をしたときに、日本の人は抜きんでてくる人を抑えたくなる衝動が他国の人より強い、という話をされていました。要するに出る杭（くい）があれば直ちに打って、自分たちと同じレベルにさせる。個人主義性の強い欧米であれば、出る杭があれば自分もどんどん出なければという意欲を焚きつけられる人が多い。そこからもわかるように、日本はやはり調和重視の社会なんですよ。だから福沢諭吉や大山捨松のように海外で人より多くの知識や教養を得てきてしまった人は、調和を乱す存在ということになってしまう。でも福沢諭吉も大山捨松も自分の名声や自己顕示欲のために欧米で教養を積んできたわけではありません。ある種の成り行きと言っていい。ところが異文化の情報を日本で伝えようとすると、非常に迷惑がられる。おそらく、日本で勤勉に勉強していた人たちを不安にさせるからでもあるのでしょう。それもまた、島国というなかなか外へ行けない地勢が築き上げたメンタリティーだと思います。

レオナルド・ダ・ヴィンチも同じです。田舎生まれの大した教育も受けていない人間が、突出した才能を持っていることがわかるとそれは妬み嫉み（そねみ）のターゲットとなって当然です。日本だろうと海外であろうと、こういう軋轢（あつれき）が発生してしまうのは、自分は何者かでなければならない、勤勉に頑張って群れの中でも突出した存在にならなければならない、という意識に起因しているようにも思うんですけどね。

ニコル　室町時代の歴史史料なんですが、『君台観左右帳記（くんだいかんそうちょうき）』というのを知っていますか。今のヤマザキさんのお話を聞いてたら、これを思い浮かべてしまった。

ヤマザキ　クンダイカンソウチョウキ？　知らない。何ですか、それは。

ニコル　（映像資料を見せながら）室町時代、足利義政（あしかがよしまさ）の東山（ひがしやま）山荘のいろいろな装飾について、能阿弥（のうあみ）や相阿弥（そうあみ）が記録した秘伝書なんですが、中国の唐絵や茶道に使う器、装飾に使う美術工芸品のことなどが、イラスト付きでものすごく細かく説明されていて、面白いんですよ。

ヤマザキ　ああ、見たことあります。お茶の器とか、その使い方が書いてある書物ですね。

ニコル　これは上等のものだとか、中国のこれに当たるとか、器や絵や飾り道具など、様々な品の鑑定がされている。でもただリストとして挙げているだけではなく、それらを、どこにどう配置して、どう使うか、作法も全部決まっていて、絵入りで事細かく書いてある。つまり、徹底したマニュアル本なんですよ。適当はダメ、きっちりこのとおりにやるべしという指南書なんです。こういうものを見て感じるのは、日本の人って昔からマニュアル好きなんじゃないかと。とても細かいことがきちんとマニュアル化されていて、それに従うことをよしとする。

ヤマザキ　それはありますね。

ニコル　つまり『君台観左右帳記』のようなマニュアルがあれば安心。お手本に頼れば失敗しないですむから。

マイノリティを生み出す調和最優先の社会

ヤマザキ　そうそう。マニュアルがあると間違えないし、間違えて責められることがない。つまり自分の判断が批判されたり非難されたりした場合の窮地から逃れられますからね。何か言われてもマニュアルがあれば、え、だって、『君台観左右帳記』に書いてありましたよ、私はそのとおりにやっただけですと言えば、責任を転嫁できますから。誰も責任を取りたがらないのはどこもかしこも同じですけど、政界にそういう人が多いとしらけますよ。自分で責任を持ちたくない人ばかりが増えると、文化も衰退すること でしょう。Twitter なんか見てても、やはり皆自分で意見するよりも、名のある人の意見にぶら下がることを選んでますよね。この人の意見を支持してます、という自己主張なんだけど、自分の言葉としては発信しない。責められるのが怖いから。

ニコル　どうしてそこまで責任を取りたくないんですか。そんなに難しい？

ヤマザキ　責任感に対しての抵抗は、日本という国が個人主義とは相性が悪いからでしょうね。何度も繰り返してしまいますが、日本は個人主義が推奨される国ではもともとないし、全体調和のほうが安心できる体質なんです。責任というのは、ある意味とても個人主義的な感覚じゃないですか。要するに社会や人々の調和を乱した自覚を認知する行為なわけですから。

だけど、ヨーロッパは一神教で、キリストもマホメットもそうですが、巨大宗教を司るリーダーは民衆のためにいかなる自己犠牲もいとわない単体のヒーローが崇（あが）められている。欧米では人の名前の大多数が聖人の名前ばかりですが、彼らの多くは殉教者です。社会の同調圧力に抗い、たった一人で殺されていったヒーローやヒロインの名前が欧米では至極当たり前なんですよ。

ニコル　確かに。

ヤマザキ　ヨーロッパでは、もし自分のいる社会がおかしいと感じたら、同調圧力に屈せず孤立しても自分の思想を貫き、人に良い教えを説ける存在が人としての理想とされる。日本はそうじゃないです。西洋的な教育や社会体制になってからは、子供には生まれてきたらひとかどの人物になってほしいなんて願いを抱く親が現れるようになったと思うんですけど、江戸時代なんてそうじゃなかったでしょう。とにかく社会にうまく適応して生きてほしい、へんなことやらかして目をつけられないでほしい、という風潮のほうが圧倒的だったと思います。

ニコル　つまり、リスクを取って頑張っても、あまり認めてもらえない社会。でも、そうなると一人一人が持っている好奇心や想像力はどうなっちゃうんですか。好奇心こそ自分の道を歩いていく原動力になるはずなのに。南方熊楠が『Nature』に論文を書き続けたのも、十か国語以上の言語が読めたりしゃべれたりしたのも、すべて好奇心のおかげですよ。

ヤマザキ　わかります。でも、日本では好奇心の持ち過ぎはあまり推奨されないですね。好奇心が旺盛なのはいいけれど、そういう人が一人いると、自分たちが怠け者に見られないかと気になり始める。人は誰にとっても理解の範疇(はんちゅう)に収まるべきであり、そのためには複雑なつくりの人間になってもらいたくない、という潜在意識が人々の中にあるのかもしれない。

京都に昔、一七〇〇年代から一八〇〇年代にかけて、山本読書室という、日本博物学の拠点となった場所があったんですよ。医学者の山本封山という人が開いた私塾なんですが、それこそ大英博物館の個人版みたいなところです。そこに好奇心や探求心旺盛な人たちが集まって、動物の骨とか羽根とか、虫とか鉱物とかね、いろいろなものを持ってきて、てんでに研究するわけですよ。つまり、その人たちは在野では奇人変人扱いされるから、その山本読書室のようなところに集まるしかなかった。でもね、即役に立ちそうもない自由な研究というのはだんだん潰されていくんです。彼らが生み出すある種の発見や発明が有意義だと思うと、国家が干渉してくる。問答無用にそこからピックアップされて、だんだん軍事的なことに利用されていく。この傾向は古代の頃から変わっていません。

例えば、爆薬を開発したことが知られてしまうと、政府がその技術を使わせろと言ってくる。そうなると物理学者や化学者、エンジニアたちは、国家権力の手先になるしかない。これは日本だけじゃないですよね。息子はハワイ大学の工学部を出ていますが、卒業式の時に学部長が「君たちが培った技術や知識を決して平和以外のことに使わないように」という発言をしていましたが、実際工学部卒業の多くの学生がその後軍事機器を作るような会社に就職したりしてしまう。役に立つ学業である工学の場合はそのような顛末（てんまつ）になりますが、経済生産性の少ない学業は就職すら難しい。

だから、南方熊楠みたいな人はマイノリティとして生きていくしかありません。変人扱いされた上お金ももらえず、評価もされず。研究を続けたいのなら、社会から完全に孤立した位置に立たされてしまう。

ニコル　でも、熊楠はそんなことは意に介さず、旺盛な好奇心に導かれるままに我が道を進んだ。やはり天才の系譜に連なる自己完結型人間だからそれができたのかも。

ヤマザキ　今の若者がもし「南方熊楠目指しているんです」なんて言ったら、通常は先生に頭ごなしに非難されるでしょうね、志は褒めてやるけど、やめておけ、って。

失敗への恐怖が想像力を抑制させている？

ニコル　今の話を聞いていると、足並みを揃えるのが大事と言っていながら、あんまり他人のことを考えてないようです。外れたくないほうが大事という感じがします。これだけユニークな漫画文化を生み出している国なのに、ちょっと寂しいですね。

ヤマザキ　影響力のある想像性や卓越した知性というのは危険なんですよ。このご時世は特に。例えば、中国では学習塾がどんどん潰されているという話を聞きましたが、要は知識や教養を身につけさせない策略じゃないですか。ダ・ヴィンチみたいなのが増えてしまったら、聞き分けの良い群れとして統括できませんから。日本だってちょっとそうなってきていますよ。先日とある広告代理店の方が言ってました、今はテレビの番組もコマーシャルも雑誌も偏差値低めを想定しないとダメなんだって。高尚なものにしてしまうと、バカにされていると思われるらしくて、低俗にしておいたほうが無難だってことでしょう。

だから、ニコルさんみたいな人が来たときに、あ、こういうすごい人がいるんだと思って自分が触発されればいいんだけど、その才能に脅かされる自分の能力への不安のほうが先行してしまうんですよ。

こうした社会的傾向は実は経済とも密接につながっている気がします。例えばバブルの頃は、若者も結構大胆だった。恥ずかしい言動も平気だったし、お金に困ってないのにわざわざバックパッカーとして、インドのような土地へ旅をして、ひどい目にあってきたことを土産話として嬉々(きき)として聞かせるような人がいた。失敗しようが、屈辱を浴びようが、間違ってもいいから飛び込める勇気を持った人がもっといた気がするんですが、そのバックグラウンドには経済の安定がもたらす普遍的な安心感があったからかもしれません。しかし、景気の悪い今の日本は、みんな失敗したり失望することに対してものすごい恐怖感がある。だから恋愛も結婚も積極的にしない人が増えているそうです。少子化対策は経済の立て直しから、と政府も焦っているけど、メンタル面でのエネルギーの萎縮はかなり進行していると思われます。とにかく自衛力を身につけるのに必死なんですよ。

ニコル　そうですね。どうもバランスがおかしい気がする。

家族間にも同調圧力はある

ヤマザキ　確かにバランスは良くないですね。子供が十二、三歳で丁稚奉公（でっちぼうこう）に出されていたような時代は、家族よりも社会に適応することこそが生きていく上で優先されなければならなかったはずなのに、明治維新と戦後のアメリカナイズで、日本は急に欧米のように家族こそすべて、家族は大事、という姿勢を固めていく。ところが、実際子供が学校で虐（いじ）められて帰ってくると、ほとんどの親は、まず子供に対してなぜ虐められるようなことをしたのか、と問い質（ただ）すでしょう。家族家族と言っていながら、その時点で親は子供の味方ではなくなってしまう。子供は親との距離感を痛感してしまうのです。

筋金入りの家族至上主義のイタリアであれば、子供が学校で虐められていることを知ったら、速攻で転校です。特定の社会への適応を無理強いしない。うちの夫もクラスになじめないという理由で三度ほど転校していますが、それはあの国では結構当たり前のことらしい。または、おまえを虐めたのはどこのどいつだ、ぶん殴ってやると親が相手の家族の家に乗り込んでいくというのもあります。

でも、日本は、そんなことするとモンスターペアレントだとか言われちゃうから、すごく中途半端な対応しかできない。子供にしてみれば自分が頼っていいのは家族なのか社会なのか混乱してしまうでしょう。

民主主義や人間の自由と権利をなどとうたいあげながら、結局は家族にも気を使い、社会にも気を使って、自分が周りの負荷にならないように同調圧力の波にのまれて同化していく。それでいいんだったら、一個人だの、生まれてきたら何者かになれだの、教育における啓示は最初から必要ないんじゃないでしょうか。だから、自分は役立たずだとか、生まれてきた意味がない、なんて余計な思惑に蝕(むしば)まれて苦しむ子供が現れる。出る杭を見たら叩かないと落ち着かない国民性というものを自覚した上で、教育の手法というのを考えたほうがいいんじゃないでしょうかね。宗教や社会主義的な統括とは別な、風通しの良い群れの在り方だってあるでしょう。

私の母親はオーケストラの一員でしたが、時々あの特殊な、個々の表現者たちを集めた芸術組織について考えることがあります。母は仕事から帰ってくるといつもオーケストラ内の人間関係がいかに劣悪なのかを語っていました。団員同士で喧嘩をしたり、不倫があったりと、とにかく凄まじい。だけど、いざステージに上がって一緒に演奏するとなると、それぞれの演奏家としての実力が一体化した素晴らしい交響曲を奏でるわけです。いつもあんなに仲悪くて、ばらばらなのに、演奏のために一緒になったとたんに人を感動させるような音楽を生み出す。精神性の生き物であり、しかも群れから分離した自由や個人主義を主張している人間にとって、どんな社会であれば、どういった群れであればうまく稼働するのだろうと考えるとき、ふとこのオーケストラというスタイルが頭に思い浮かぶのです。

コロナ禍になって間もなく、イタリアのニュースを見ていたときに、彼らの行動に対してオーケストラに近い統括性を感じました。テレビもマスコミも信じない、人を見れば疑うところから入り、仲良くしておきながら陰でも表でも相手への悪口を吐露し、利己的で不平不満に事欠かない彼らが、コロナウイルスが蔓延(まんえん)し始めたという情報を聞くなり、全く抗うことなく家に引き籠った。列もしっかり作れない連中が、メディアの言葉に従っていた。正確には、メディアに従ったのではなく、家族や友人知人など周辺の人々と散々言葉を交わすなかで、自分たちの判断を得たと言うべきでしょう。

欧州は過去のパンデミックはいろんなかたちで記憶として残されていますから、抗っても仕方がないというのはわかったのでしょう。ただ、家族三世帯の同居や、スキンシップの習慣など様々なファクターが重なって大量の死者を出してしまう結果になってしまいましたが、それでもあの一瞬でミラノやヴェネチアの広場がもぬけのカラになった映像には驚きました。

日本も日本で、いろいろあっても感染対策はそれなりに効果を出しているのではないかと思いますが、それはきっと周りの目を気にするとか、同調圧力の象徴として自警団的意識を持った人が現れたことも含め、体裁という意識がこうした結果をもたらしたとも思います。

「親ガチャ」の功罪

ヤマザキ　最近、「親ガチャ」とかいう言葉があるんだそうで、親はガチャガチャと同じ、運次第で選べないという意味らしいんですが、今の世の中らしい言葉だなと思う。

ニコル　私は初めて聞きましたけれど、なんだかその言葉にも、自分の責任を感じたくないというニュアンスがありますね。

ヤマザキ　親子という関係には責任が発生しますからね。昔は親が子供に出世しろだの、大臣になれだの、等身大以上の存在になることを期待したものですが、今の親も無論それを期待しつつも、何はともあれ社会から外れないこと、社会から弾かれないでほしいという願望が優先なんじゃないかというように見えますね。とにかく人さまに迷惑かけない、偉業を成したり出世したりするにせよ、あまり周りから妬まれないように目立たないようにやってほしいというのは、どんな親でも思っていることでしょう。

私はむかしから息子に対して「ああなってほしい」「こんな人生を歩んでほしい」といった願望が皆無なんですが、奔放な姿勢を取り続けていると子供は逆に大変みたいです。最近、『ムスコ物語』という私の本のあとがきで、「母という理不尽」と、息子に書かれました（笑）。

ニコル　ほお、いいですね。わかってる（笑）。

ヤマザキ　世界中ありとあらゆる場所に彼を連れ回して、しかも、有無を言わさず、言葉もわからない現地の学校に入れて大変な苦労をさせてしまいました。だけど彼はそうやって、人生は不確実なものだということを学ばせられたわけです。安心感というものがほど遠い、一連の不条理な経験があったからこそ、自分は世界のどこでも一人きりで生きていけるようになったと書いてあって、少しほっとしました。

ニコル　すごくいい話。ちゃんと孤独や悲しさと向き合ったから、自分の道を行ける。何を優先すべきかがわかる。

ヤマザキ　親に対して、愛情とは別に人間としての不条理性を感じるっていう経験って結構大事なのかもしれません。愛情は感じるのに、何でこんな理不尽な目に遭わせるんだろうと、どうしてこの人が自分の肉親なんだろうという、そういう親に対しての疑問を子供は成長過程で持たなきゃいけないんじゃないかと思うんです。親は子供にとって人間を知るための一番身近な存在ですからね。

でも今はそんな家族にすら同調圧力というのがある。家族というのは皆同じ姿勢で生きていく同種族でなければいけない、という暗黙の結託意識があるというのか。

違うことを認め合うエネルギーって結構消耗するものなんです。もしかしたら皆そのエネルギーを節約したいから、家族全員同じ色に染まっていこうと同調意識が芽生えるんでしょうかね。家族であっても、違う色であることを認めてもらえないのは、子供たちに対する大きな弊害になったりもするでしょう。

ヨーロッパにもある同調圧力――「価値観の共有」の弊害

ニコル　日本の同調圧力とはちょっと違うかもしれませんが、似たような現象がヨーロッパにもあるんですよ。世界共通のソーシャルメディア、Twitter とか Instagram、YouTube もそうですが、それを熱心に見ている人たちは無意識のうちにプレッシャーを受けているんですね。そういう情報によって、アイデンティティさえ揺るがされてしまう。もしかすると、アニメのフィギュアも関係しているような気もするんですが、女性の身体に対する見方がソーシャルメディアなどで広まるイメージに影響されて、過激なダイエットで病的にやせてしまったりとかね。本来なら多様であるべき「きれい」とか「美しい」という価値観が、ソーシャルメディアを駆使するインフルエンサーによって「今はこれが美しい」「これが買い」と全世界に発信される。そしてその価値観が信奉者たちによってさらに拡散されていく。特に若い人にとっては、人気のインフルエンサーの影響って絶大なんですよ。

でもそうやって自らの行動を決める基準が自分の外にあると、どんどん自分自身を見失っていくというか、アイデンティティを侵害されていきます。そのためヨーロッパでも、このような価値観の共有が、ソーシャルメディアの弊害として問題視され始めているんです。

ヤマザキ　こうしたソーシャルメディアも今やエンタメなわけですけど、エンタメの持つ力というのは絶大ですからね。宗教家や政治家よりも影響力があるわけですからね。インフルエンサーと呼ばれる人物が発信する「これが今のトレンド」というメッセージにも、簡単に抗えない圧力がありますよね。

日本は様々な理由によって価値観の共有が必須の社会性みたいなところがあるわけですけど、個人主義をベースにしているはずのヨーロッパでもそういう傾向が始まっているとなると、考えさせられます。言論統制のある独裁国家みたいなところでの話ならまだしも、そもそもソーシャルメディアに国境はないし、二十四時間更新されていますからね。

ニコル　みんな見ているので影響力はすごいです。そして無意識のうちに取り込まれ、みんな一緒に動く、価値観が同じになる。これって結構怖いことだと思いますね。

ヤマザキ　価値観の共有というのは、メンタリティーの統一ですからね。自分には黄色に見えるものを社会が青だと言えば、生き延びるためには青だと思い込んでいくしかなくなる。でもこんなことはもうすでに自分たちの周りで起こっていることなわけですよ。Twitterで誰かが声を上げると「自分の考えを言語化してくれた」などとぶら下がってくる人たちがいます。でもその人たちに向かって「自分はそうは思わない」などというと、叩き潰しにあう。ニコルさんの言うように、ソーシャルメディアが発達した今、そういう危険性はどこにでもあるのかもしれませんね。

ニコル　それを阻止するには、やはり文化を作っていく起点となる、好奇心や想像力を枯渇させてはいけないということですよね。だって、ネットでの買い物の傾向を自動的に分析して「あなたはこれが好きなはず」とどんどん商品を紹介してくる世の中ですし、いつのまにかインフルエンサーの考えが自分の考えになって、どこに本当の自分がいるのかわからなくなるのは、嫌じゃないですか。いまや個人主義の国でさえそういう危機にある。どこかで軌道修正しなくちゃいけないと思う。

ヤマザキ　でも軌道修正をしたところでまた逸れていくはずですよ。人類の歴史とはその繰り返しですからね。とはいえ、やはり少しの気づきや努力で生きるのが楽しくなったり喜ばしくなったりするんだったら、その方法は考えないとですね。生まれてきてしまったもの、やはり辛さよりは楽しさでやりくりしていきたいですから。

第五章

失敗や破綻はすべて過去に書いてある

裏切りと失望の体験が思考の原動力に

ニコル　私もヤマザキさんも、若い頃に事故で死にかけて、開き直って自分のやりたいことをやってきたと思うのですが、いろんな目に遭うと、だんだん挫折や失敗が怖くなってきますよね。今の人は怖がり過ぎる気がする。

ヤマザキ　これを言うとまたヤマザキさんの貧乏自慢が始まったと言われそうですが、私は父親が早くに亡くなり、音楽家の母は留守ばかりしていましたから、早いうちから孤独に慣らされてきましたし、イタリアに留学してからは本当に一生分の辛酸を舐めました。あらゆる裏切りと失望の連続でしたが、現実世界との対峙による容赦ない体験が、漫画の創作や今の自分の思考の原動力になっていると感じています。苦しさは乗り越えさえすればメンタルという土壌への良い肥やしにはなってくれる。逆に不条理を避けていくと人間は脆弱になる。自分を弁解するような言い方になりますが、人間も他の生き物と同様に、生きる過酷さを知ることを避けてはいけないようにできていると思うんですけどね。

ニコル　うんうん、失敗を繰り返していると、脳が鍛えられるというか、もしかすると脳の中に何かが形成されるのかもしれない。

ヤマザキ　人間は知恵が発達しているから、辛さを避ける術をいろいろ持ってるわけですよ。できるだけ嬉しい思いだけして過ごしたいと願ってしまう。だけどそれだと人間は持っているスキルを発揮できていない欠陥生物になってしまうと思います。

ニコル　『オリンピア・キュクロス』も、デメトリオスが挫折して煩悶しながら成長していくストーリーですよね。私、彼が落ち込んで悩んでいるところ、本当に好きです。感情移入ができる。

ヤマザキ　『オリンピア・キュクロス』は、まさに挫折と立ち直りという繰り返しを描いた漫画でもあります。運動は訓練して鍛えるけど、メンタリティーはどうやって鍛えたらいいかというと、ただ勉強するだけではなくて、やっぱり苦しまないと駄目なんだということをデメトリオスは体感していく。フルマラソンで感じるような苦しさをメンタリティーでも乗り越えることによって人間は成熟する、ということを理解していく。

失敗というのは、要するに人生は思い通りにはならないし、自分を理想通りにするのは無理だという自覚と向き合う経験を意味していますよね。生まれてきたことを後悔しないために人は自分を肯定するのに必死になる。でも、そもそも生まれてきたら後悔もへったくれもない（笑）。生きるしかないんです。雨の中でも風の中でも人間は生き延びられるようにできているってことなんですよ。

ニコル　何回も何回も失敗して、苦しみながらも前へ前へと押し進めていくと、あ、こんなもんかと思えてくる。それは脳が慣れてくるんですね。

ヤマザキ　人間は自分を過保護にし過ぎてますね。社会的生物であることに精神性が加わってしまったことが、他の動物より生きることを厄介にしてしまっている。だから、ほんとに些末（さまつ）な次元で自分が疎外されていやしないかという詮索を必死でするようになったりするんです。相手にＬＩＮＥを送って既読がついたのに返信が来ないとか、自分の発信したTwitterやInstagramに、あまり「いいね」評価がつかないとかばかばかしい（笑）。山登りをするのに足元の小石にいちいち反応していたら一生かけても先には進めませんよ。自分への目標や理想というのはまあ日々を頑張るためのモチベーションとしてあっていいでしょうけど、所詮は社会が頑張る人材を作るために設けた座標ともいえます。だから、あまりそこに自分を追い込んではいけない。人生も社会も不確実なものであり、思い通りにはならない、という自覚を持つだけでも強くなれますよ。

戦争、貧困、孤独……不条理と向き合う力

ヤマザキ　生きることの不確実さはいくつかの現象によって立証されるわけです。天災はもとより、戦争なんていうのはその代表的な例ですね。日本も第二次世界大戦が終息した直後、社会は右も左も意味をなさない混乱状態に置かれていました。とにかく生き延びることとしか頭にないから、条理も不条理もあったものではない。混乱というのは人間の本質を暴き出しますからね。戦後直後に撮られた映画を見ると、もう、ありとあらゆる不条理と向き合って、何ひとつ予定調和なんかない世界で、それでも皆たくましく生きている姿が描かれている。焼け跡の中で、人間の凶暴性を知り尽くした人々が、絶望と挫折の海を泳ぎながら命を必死で守ろうとしているあの様子を見ていると、それこ

そＬＩＮＥの既読なんてどうでもよくなりますよ（笑）。

戦後、終戦してからマッカーサーが来るまでの二週間という空白の時間があるんですが、その時の日本人の動向や発想というのは凄いんです。日本は今後間違いなくアメリカ化するし、アメリカ人も自分が負かした国を見に来るだろうから、そうなると日英の辞書が必要になってくるだろう、と発想した人がいました（『日米会話手帳』を指す）。彼は必要そうな英語を片っ端から選び、その発音を日本人で英語がわかる人にカタカナで表記してもらって、粗末な紙に刷ってホチキスで綴（と）じて売ったら、それが三六〇万部以上も売れたんだそうですよ。

ニコル　えー、すごい。ミリオンセラーじゃないですか。

ヤマザキ　そうなんですよ。戦争に負けようと何だろうと、これからの時代に向き合うためにはこれは必要だということでこぞって買い求めたんでしょうね。「How are you?」「My name is」とかよく使うフレーズをみんなが片言で覚えてね。

『サザエさん』という漫画には前にも触れましたが、これもまた混乱と不条理の中で生まれた終戦直後の、人間の強さと面白さを描いた素晴らしい作品です。日本が戦争で負けて、みんなが自分たちはどうなるのかと不安を抱えているときに、『サザエさん』は、配給も、ヤミ米も、泥棒についても、必死で生き延びようとする人間と社会との齟齬（そご）や矛盾を、面白おかしくすべてギャグに昇華していくのです。プライドも理想もなにも意味をなさなくなった自分たちの惨状を俯瞰で見るとこんなに滑稽でおかしい。人々がそんな具合に自由奔放でたくましい感覚を得られたのは、政府がまだ体制を稼働させられていない無法地帯だったからというのもあるでしょう。

人間の想像力が発揮されるのは、当然のことながら誰も何もしてくれない状況下におかれたときです。生きていかなければならないのに、自分に必要なものを誰も供給してくれないときに、人は自分を本気で頼るようになる。想像力はその時に本領を発揮する。だから今の私たちに想像力がないというのは、黙っていても誰かが何かをしてくれる、つまりある意味外部からの絶え間ない干渉と圧力に操作された中で生きているからでしょう。

ウクライナとロシアの戦争が始まったことで、欧州をはじめ世界各国が様々な影響を被(こうむ)っている。まさに予定調和が乱れてきている。ウクライナに至っては電力不足で人々は皆商業施設や公共施設に集まって寒さを凌(しの)いでいるそうですが、人々は個々に生き延びる工夫と発想を駆使しながら日々を過ごしている。戦後の日本もそうでしょうけど、人々は何かにすがったり信じたりするのをやめる瞬間がどこかであると思うんです。予定調和も確信性も保障されなくなったとき、人は想像力をたくましくするのかもしれません。長谷川町子の『サザエさん』は、人々がそんな心境に陥っていた頃、達観した視線をもって、人間たちの営みを一つの笑える現象として捉え、漫画にした。笑いの神髄というのは、こういうところにあるものなのではないかと思います。私が落語を聞きたくなるのは、社会に従属しているあらゆる人の生き方を、バカだよね、情けないよねと言いながらも、そんな本質を慈しんでいるからかもしれません。

　自分の中で保ってきた価値観が崩壊する経験として、一番具体的なのが戦争でしょう。何しろ死んでくれと言われているわけですからね、無差別集団処刑ですよ。そんな渦中にいたら誰だって何を信じて生きていいかわからなくなります。私の母の世代や、ダマスカスに暮らしてたときの友人知人、そしてウクライナやロシアの人たち、ミャンマーなど紛争がやまない地域の人たちは、その感覚を経験している。でも私たちはその経験を逃れた状況下で生きている。人間としての経験値は大きな差が広がるでしょう。だからといって戦争を経験したいなんて微塵も思いませんし、不条理や価値観の崩壊はここまで語ってきたように、我々の日々の生活の中にもいくらでも別の形で潜んでいますからね。それに気が付き、避けてばかりいないで対峙する必然性は、戦争を逃れている国に暮らしている私たちにあるとは思います。

ニコル　そうかもしれない。悲惨な体験をすると、いろんな抑制が取っ払われて、人間の思わぬ想像力が生まれる。私たちが危険区域好きというのも、無意識にそういう状況に自分を置きたいと思っているのかもしれませんね。

ヤマザキ　そうですね。あと何度も言いますが、想像力を豊かにするのは、悲しみと孤独です。レオナルド・ダ・ヴィンチの話の時にも言いましたが、本当の哀しみや孤独もまた、辛さを克服させようとする想像力を大きく稼働させるきっかけとなる。悲しんだり怒ったり、生きることへのもがきが何某かの表現に形を変える。表現は人間特有の行動ですが、何のためにあるのかと苦学生の時によく考えていました。私に関していえば、生きる辛さも絵を描くことで乗り切れていたので、生き延びる上で生じていた軌跡、足跡みたいなものでしょうかね。あの苦しみがあったから、表現者として生きていられるんだと思っています。

　日本の私の周りを見ていると、誰も孤独と真っ正面から向き合おうとしていないから、表現への貪欲さが消えてしまったように見受けられます。

ニコル　それはもはや日本だけでないですよ。世界的にそうなっています。

価値観を共有できない場所に独りで行く

ニコル　ネットばかりやっていると、生の実感って薄れてくるんですよ。もっと生（なま）の出会いをつくらないと。もちろんインターネットでも面白い出会いがあるかもしれないですが、そういう画面での出会いじゃなく、どこかに出かけて、手で触って、肌で感じてという生の出会いを体験しないと、脳みそって活性化しないですよ。

ヤマザキ　同感です。あと会話ですね。ネットとかメールとか、そういう文字でのやり取りはいいかげんにして、生の言葉でのやり取りを取り戻さないとダメなんじゃないかなと感じています。瞬時に考えを言語化する能力を人は失いつつある。考えながら選んだ言葉だけで綴るメールを書くのとは脳の使い方が全然違います。メールは写真のリタッチ機能みたいなもんで、その人は本質の自分をいくらでもカバーできてしまいますからね、でもメールに依存ばかりしていると、そのうち自分で作り上げたペルソナに乗っ取られてしまうことになるでしょう。

とにかく、人は自分を一度積極的に窮地に陥れたほうがいい。そんなハードルの高いものでなくていいから、例えば一人旅は一度はやってみたほうがいい。

ニコル　一人旅は最高。困ってなんぼ、それがむしろ楽しい。

ヤマザキ　できれば行先も、自分とは全く価値観共有できないわというようなところをあえて選んで行く。本で読んだとおりだ、テレビで見たとおりだ、ネットで見たとおりと、確実性を辿るような旅では効果がない。全く価値観の共有が成り立たないような場所だといいですよ。私の場合は最近ではアマゾンとチベットがそんな場所でした。

ニコル　うんうん、私もそういう場所が好き。新しい出会いがあるから。予想がつく旅は全然面白くないですよ。

ヤマザキ　一人旅って、予定どおりにいかないし、共感し合える仲間もいないから、慰め合ってごまかしたりできないですからね。道端で一人で転ぶと恥ずかしいじゃないですか。だけどそばに友達がいると笑ってごまかせる。自分の情けなさと向き合わなくて済む。でも海外旅行なんて行くとそうはいかないですからね。

そうだ、ちょっと前に表参道の道を歩いていて思いきり転んでしまったんです。人通りは結構あるのに周りは無論シカト（笑）。足は痛いし恥ずかしいしで茫然としていたら、ガラガラと音がして目の前にスケボーがある。スケボー中の青年が近寄ってきて、大丈夫ですかって手を差し伸べてくれたんですが、今時こんな青年がいるのかと感動しました、あの青年を主人公に漫画一本描けるなと思ったくらい。転んでよかった（笑）。一瞬のことだけれど、一人の時にそういう目に遭うと、それくらい想像力がたくましくなる。一人旅には、何度もそういう場面が訪れると思うし、そういう体験は必要かなっていう気がします。

ニコル　異文化圏で一人旅をすると、価値観が共有されていないことが多いので、いつもよりもっと理不尽な目に遭いますよね。え、こんな目に遭うのというような。でも、それは痛いけれど刺激的で、勉強になる。面白い体験として、自分の記憶に残りますよね。

「共感過剰」の社会は危険

ヤマザキ　私、新聞で人生相談をやっているんですけど、先日、自分の家族が嫌いで仕方がない、という二十一歳の女性の相談がありました。親や兄弟の言うことは全く共感できないし、表層的で体裁ばかり気にしている兄弟を見ているとむかつく、というようなことが書いてあった。

家族だからといって共感できない人はこの社会には溢れるくらいにいるでしょう。家族は人間にとって一番身近な社会単位であって、意見の合う者同士で集まったコミュニティではありません。家族というのは、距離を置いたほうが逆に評価できる場合もある。これは親子でも夫婦でも同じだと思います。一度離れてみないと見えないことがある。

ニコル　家族だから共感し合わなくちゃいけないって、それはないですよね。

ヤマザキ　思想家の内田樹さんが、今の日本社会は「共感過剰」だと言っていたけれど、私も同感です。彼が指摘するように共感のし合いが過ぎるのは、非常に危険なことです。自分は全然そう思ってないのに、共感するふりをしないと家族でいられないとか、仲間でいられないというのは、前に話した同調圧力の原理ですよね。

考え方も認識も違っていて、わかり合えないけど共生し合える。そのほうが見せかけの共感よりずっと大事です。以前話したオーケストラという組織の不思議をはじめ、隊商都市パルミラもそうですが、個別では考え方も感じ方も違うところにいながら、一体化することで大きな力を生める社会というのは、人類の成熟を感じさせてくれます。要は、共有できない者同士での共生ですね。そこで問われるのが想像力の旺盛さですよ。理解できないから、わかり合えないから、じゃあ戦うしかないじゃないか、ではなくて、おおむね人間の不快感なんてのは知識と想像力があれば克服できます。

ニコル　わかったふりをする必要はないですね。

ヤマザキ　戦争が起こると私たちがメディアで知らされているのは、その動機のごく一部分だけです。そこにさらに力が加わって、なんとなくどっちがいい、どっちが悪いという判断を操作されるようになる。でも歴史を勉強していれば、どんな戦争もきっとここには公にならない様々なファクターが絡んでいるんだろうな、なんて推察は自然にしてしまいます。今回のロシアとウクライナもしかり、私がダマスカスに暮らしていた頃に勃発したイラク戦争しかり。十字軍の時代から何も変わってないんだなあと感慨深くなりました。

イスラム教とキリスト教といった一神教同士が譲り合えないのは仕方がないですよね。八百万（やおよろず）の神やギリシャ・ローマの神々は、ヒーローじゃないですからね。それにそれぞれの宗教が生まれた場所や条件なども踏まえたら、宗教は多様であって仕方がない。砂漠に囲まれた過酷な環境で、男たちが戦争で死んで女たちしか残らないところが一夫多妻制のシステムを取る。それが遺伝子を残すために彼らが取った手段です。キリスト教から見るとふしだらでしかないイスラムのそんな側面も、その土地に行って同じような経験をすれば一概に否定はできなくなるかもしれないわけですから。

ニコル 確かに。その土地に行ってみて初めて理解できることってありますよね。そういうのは、頭で勉強したこととは全く違う経路で入ってくる気がします。逆に、下手な共感はストレスになるし、思考停止を招きますね。

ヤマザキ とにかく人というのは自分の思い通りにならないことにはやたらと憤る。自分が好きな女優や俳優が不倫したとたん、あの人がそんなことするはずないのに、ひどい、裏切りだと大騒ぎをする。もうあんな人支持しないとなる。俳優という職業は他人に人格を象られる商売だから、それはもちろんやむを得ないのだけど、好きになる側も相手にそんな可能性があることをどこかで推し量るべきでしょう。日常的に疑念が根付いている国では、スキャンダラスに騒ぐのは暇な主婦くらいですから。あの人のこと信じてたのに裏切られた、という話をイタリアでしたら「信じてたお前が悪い」と返されるのがオチですから。

歴史は「妄想」からつくられる

ヤマザキ　人間は精神性の生き物だと私は口癖のように言ってしまうんだけど、つまるところは想像力の生き物なんですよね。そもそも、そうした昔のことを研究する分野に携わる人には、歴史にせよ考古学にせよ、想像力の力を借りないと到達できない発想というのがあったはずで、タキトゥス（帝政期ローマの政治家・歴史家）にしたって、ヴァザーリ（マニエリスム期の画家。画家・彫刻家・建築家の伝記を一冊にまとめた『芸術家列伝』を執筆）が書いたものにしたって、私見が軸になってますからね。執筆者だけではなく、読み手もだから同じような想像力とフレキシビリティを持っていなければならない。そして、言われたことを鵜呑（うの）みにしない懐疑性と探求への好奇心ですね。

ギリシャ神話の伝説からトロイアの遺跡を発掘したシュリーマン（一八二二〜一八九〇年実業家・考古学研究者）もハッタリな人でした。クレタ島のクノッソスの遺跡は、二十世紀初めにイギリスのアーサー・エバンズが発掘しましたけど、もともとシュリーマンがエーゲ文明の重要な拠点として発掘しようとしたのが全ての発端です。トロイアも含め、あの一連のエネルギッシュな発掘は彼の想像力と貪欲さがあったからこそできたこと。クレタ島でその実物を見たときに、あ、こういうこと考えちゃっていいんだって素直に思えましたね。何だか私たちにもっとおおらかに想像力を稼働させなさいよと言われている気がしました。

ニコル　シュリーマンは、ホメーロスの物語やオーラルヒストリーに歴史の真実が隠されていると信じていた人で、そこから旺盛に妄想をふくらませて、本当に真実に辿り着いてみせました。

ヤマザキ　確実な根拠がなくても、そのほうがずっと自由で楽しいじゃないですか。私はその楽しい妄想を漫画という生業にしているわけですけどね。でも、テレビやラジオで、古代史や発掘調査を何十年もやってきたという学術研究者と話す機会があると、私が自分の妄想を横溢させながらしゃべるのを、みなさん押し黙りつつもにらむような目で見ている（笑）。そのあげく、創作家というのは学者と違って自由な発想が許されていいですねと言われる。

彼らの仰せのとおりです。あらゆる文献を確かめて、全部それにひもづけて推察の根拠を示さないと論文として認めてもらえない。自分が退官する前の最後の論文は全部適当なことを書いて辞めてやる、と言っていた自暴自棄な歴史学の先生もいましたけれど（笑）。論文というのは、フィクションではありませんし、読み手によって持つ感想もそれぞれ、というのであってはいけないわけです。

でも、昔の時代のフィクションのようなハッタリ論文が面白いのは、読み手が懐疑的な気持ちを挑発されるところにあるかと思います。私はどっちも必要だと思うんですよ。学術研究ももちろん必要だけど、それから触発される想像的な論も必要だなと。どうですか、ニコルさんは。

ニコル　いや、本当にそうだと思います。シュリーマンは、ちょうど十九世紀の中期から終わりにかけて世界のあちこちを旅して、いろんなものを自分の目で見て書き残しています。彼はトロイアやミケーネ、クレタ島の発掘に関わる前に、エジプトや中国、日本にも来ていて、各地の様子を日記に残している。その日記に見られる視点が面白い。ものすごく細かいところに注目して見ているんですよ。

日本についてはそれほどたくさん書き残しているわけではないですが、例えば日本人はきれい好きで、掃除を一生懸命するとか、トイレが立派で清潔だとか。各地をめぐっていろんな民族を見て、そういう観察をしている。私は、こうやって現地に出かけて行って、そこで体験したことの細かい観察や発見がもとになって、大きな夢に育っていくんじゃないかなと思います。その経験が想像力の源泉になる。

ヤマザキ　旺盛な想像力があるから、情報に操作されない詳細にも意識が届くということですね。

ニコル　今思い出したんですが、シュリーマンが精力的に活動していた時期とちょうど同じ頃に、大阪の造幣局に勤めていたウィリアム・ゴーランドというイギリス人が、とんでもない数の日本の古墳を調査、発掘しているんですよ。彼は、もう異常なほどの古墳マニアで、シュリーマンが『イーリアス』や『オデュッセイア』に感化されて古代ギリシャ遺跡を発掘したのと同じように、『日本書記』や『古事記』などを読みまくって、そこからヒントを得て、様々な仮説を立てて、想像力を働かせたわけです。

結局彼は日本滞在中の十数年間（一八七二〜一八八八年）に、発掘も含めて四百点以上の古墳を調査、研究しました。その膨大な研究成果ですが、日本政府にお願いして許可を取って、現在は「ウィリアム・ゴーランド・コレクション」として大英博物館にあるんですよ。日本の古墳の一番立派なコレクションは、大英博物館にある。ゴーランドもシュリーマンと同じで、伝説やオーラルヒストリーから何とか具体的な証拠を探そうと想像力を働かせて、大きな夢をかなえた人ですよね。

画一的な教育の外で育まれる天才性

ヤマザキ　妄想は操作を誤ってはいけないけれど、なくてはならないもの。大事ですね。学術で証明されるのが先か、想像力が優先なのかという問題に関して、非常に象徴的な人を思い出しました。ラマヌジャンというインド人の数学者がいたのですが、数年前には彼の人生が「奇蹟（きせき）がくれた数式」（二〇一六年公開）という映画にもなりました。ラマヌジャンは、ある時円周率をあっという間に導き出す、ものすごく高度で画期的な公式を発見するんです。それは数学という学術史上、全く説明できないレベルのもので、誰もが度肝を抜かれて、彼はインドの魔術師なんて異名も取るんですけど、その公式を誰一人として証明できない。そしてラマヌジャン自身も「神が降りてきて閃（ひらめ）いた」とか、直観で導き出した公式なので、相手に伝えられる言語での証明ができないんです。

数学の世界というのは、証明ができないと認められません。彼はイギリスのケンブリッジ大に招聘（しょうへい）されたりもしていたんですが、結局貧困の中で栄養失調と病魔に侵され、インドに帰国して失意のうちに病気で死んでしまう。

ニコル　それは悲しい。

ヤマザキ　全ての人が共有できる証明を見せないと認めてもらえないという学術世界の暗黙のルールって、大きな才能を潰してしまうこともあるということです。シュリーマンは歴史や考古学で、まだ想像力を受け入れてもらえる分野だと思いますが、理数系はきれいな証明がなされないと認められない。でもラマヌジャン自身も言っていたように、直観やひらめきというのは想像力だけがなせるわざだと私は思いますけど、そういう感覚がない人を説得することはできませんから。

ニコル　今ちょっと調べたのですが、おっしゃるとおりラマヌジャンって面白い人ですね。ヒンドゥー教のバラモン階級に生まれたとありますけど、家が貧しくて、ちゃんとした教育を受けなかったようですね。でも、そのような正式な高等数学の教育を受けていなかったからこそ、逆に彼の自由な発想力が育まれたという見方もできますよね。ある時数学の公式集に出合って、数学の公式に取りつかれたとあるので、もちろん素地はあったのだろうとは思いますが。

ヤマザキ　そこがアイザックソンのエリート概念の話にもつながるけど、不遇な環境にあると、難なく勉強がいくらでもできるような人には身につかない、別のパワーが身につくような気がします。レオナルド・ダ・ヴィンチもまさにその一人です。あの人は、学校に行っていないし、全くの無教養です。彼の書いた鏡文字が天才の証拠だとかいうけれど、左利きの人にはよくあることで、うちの子供も左利きだけど最初は鏡文字になってました。でも教育者がいればそれは直してもらえるのです。つまりダ・ヴィンチの場合は、放ったらかされていたということになるでしょう。

ニコル　今は、左利きも大人になったら不便だからと直させますよね。

ヤマザキ　彼には面倒見の良い叔父がいて、ダ・ヴィンチは子供の頃その叔父さんと一緒に日々、虫を見たり、草を見たり、流れる水を見て考察を楽しんでいました。考察といっても何かを根拠にしたものではありません。妄想と想像による考察です。水の流れや雲の動きも描けば何かがわかるんじゃないかと試行錯誤した記録は残っていますが、とにかく知りたい、わかりたい、という欲求が溢れ出てしまって、それが彼の創作欲の地盤となっている。ラマヌジャンもそうです。ラマヌジャンのような天才がいたら、たとえ大勢で共有できる数式をみせてくれなくても、それを理由に潰しちゃいけないってことなんですよ。

ニコル　そう、自分たちの価値基準で測っちゃいけない。

ヤマザキ　この間、ちょっと突出した才能を持っている子供たちだけ集めた東京大学のプロジェクトがあって、そこに頼まれてオンライン講演をしたんですよ。十歳とか十二歳くらいの子供たちなんですけど、この子供たちからもらう質問のグレードの高さにびっくりしました。大学生なみの質問なのでこれは君一人で考えた質問なの？　と言うと、そうだと言う。どの子も確かにこれは学校では妬み嫉みを買うだろうなと思うぐらい優秀でしたよ。それとは別件ですが、先日とあるテレビ番組の収録で図工が苦手だという男の子から、「人間はなぜ絵を描くんですか」という質問をうけました。

ニコル　ああ、いい質問ですね。どう答えました？

ヤマザキ　絵というのは脳みそのご飯なんですよと。

ニコル　さすがです！

ヤマザキ　人間はお腹が空いたとご飯を食べるけど、同じくらい精神もお腹を減らすときがある。その空腹を供給するためなんだというような答えを返しました。でもね、かつかつの世知辛い世の中では芸術は不要不急なんて言われてしまいますからね。どんな学校に通うかによっても文化の扱い方の差異は発生するものですが、アメリカやイギリスはどうですか。

ニコル　経済的な余裕があるかないかによって教育に差が発生するのは、同じことですよ。あと、どこで生まれたかによっても違う。イギリスでは「Postcode Lottery」（「郵便番号宝くじ」の意で、居住地域によってサービスが受けられたり受けられなかったりする社会的差別）と言いますが、例えば住んでる地域にいい学校があって入ることができた場合、貧しい子も守ってくれるし、平等に教育が受けられるし、もっといい学校に移るチャンスもある。でも本当に貧しい地域でいい学校がないと、もうこの子の将来はないということになってしまう。それがPostcode Lotteryで、本当に住んでる場所によって差が出てきてしまうんです。

ヤマザキ　中国や韓国でも子供の学校のために親が教育水準の高い地域に引っ越しをするのはよくある話です。日本だってそういう親はいる。

ニコル　私がいたギリシャも同じですよ。私はコルフ島のアパートにいたんですが、この狭い島でも、いい学校とよくない学校があって、みんな子供たちをいい学校に入れるために、その学区域に小さいアパートを買ったりするんです。この学校へ入るにはその周辺に住まなければならないという規制があるので。

異国の文化圏での得難い子育て

ヤマザキ　私が住んでいたポルトガルのリスボンもそうでしたね。リスボンで購入した家のすぐそばにサレジオ会系列のミッション系の私立学校がありまして、周りからは公立なんかに入れちゃいけないと強く言われてそこにうちの子供を連れていったんです。学費は高いけど、いい学校ならそこに入れるしかないなと。ところが行ってみてわかったことが、ポルトガルという旧植民地からの移民と共生している国でありながら、この学校には一人も有色人種がいないんですよ。全員白人の子供。面接の先生はデルスの顔を見るなり君はカトリックのキリスト教のお祈りはできるかい？　と聞いて、次に、リスボンのサッカーチームではどこが好き？　どの選手が好き？　ときた。学校という組織における価値観の強制がすでにその質問にあらわれていた。

私はもうそれだけでここはやめようと思いました。この学校では自分たちと違う価値観を持った新しい分子が入ることを好意的に受け入れてくれないだろうなと思って、それで地元の学校に入れたんです。私たちの家がある丘の上には、文化人やお金持ちも結構暮らしているのだけれど、その丘の斜面にはブラジルみたいに貧しい人たちが家を造って住んでいるんです。だからその地元の学校は、困っていない家庭環境の子供と貧しいところの子供が混在している、すごく不思議な文化圏だったんですよね。息子も登校した一日目で、いじめっ子にお腹を殴られて帰ってきました。

ニコル　あー、目をつけられたのかな。

ヤマザキ　言葉が通じないから折り紙を折って見せたら、女の子たちが自分にも作ってくれと寄ってきた（笑）。そしたらそのクラスの太ったボスが待ち伏せして、おまえ新入りのくせにムカつくということでお腹をキックされた。それを聞いて私は、どれ、そいつの親に文句言いに行かせてもらわないと、と、まず学校に行ったわけですよ。すると学校の先生が、申し訳ありませんと謝って事情を話してくれた。あの子のお父さんは今刑務所にいて、お母さんが一人で働いて七人家族を養っている。それであの子が全部小さい子たちの面倒を見て切り盛りしている状況で、きっとストレスがたまってると思う。だからみんな乱暴者だとわかっていても、仕方ないと思いながら受け入れているんです、という説明を受けたんです。

ニコル　うーん。何も言えなくなる。

ヤマザキ　デルスには「要するにジャイアンだと思えばいいよ」とまるめこんだ。日本だってかつてはそんなの当たり前だったわけですから。それから数か月後、デルスの誕生会を我が家でやったら、そのジャイアンも現れた。

ニコル　えー、ジャイアンが来た……。

ヤマザキ　うちは日本式に玄関で靴を脱ぐようにしているんですけど、ポルトガル人のお客にはそれは強制していません。ところが、私が脱げって言ってないのに、玄関に脱いである靴を見て、みんな黙って靴を脱ぐんですよ。「この家のならわしですから」なんて生意気なこと言っちゃって。ジャイアンが来たときも、みんなにならって靴を脱いだ。いいよって言っても脱いだわけです。そしたら靴下が穴だらけでぼろぼろなの。それを見て私はかなり動揺しました。サレジオ会の学校に行ってたらそんな子供には会えなかったし、私がそういう感情に触れることもなかったと思います。リスボンでの暮しのなかで、親子ともども得難き経験をしたなという思いがあります。

ニコル それも一つの出会いだし、貴重な体験ですよね。異なる文化が混在していると、そういう思いがけないつながりが生まれますよね。

何故人類は嘘をつく生き物になったのか

ヤマザキ 人類史の本を読んでいるとなかなかいろんなことが見えてきて面白いですね。

ニコル そう？（笑）

ヤマザキ 例えばなぜネアンデルタール人がホモ・サピエンスによって滅ぼされたかというと、ホモ・サピエンスのほうが知性に想像力を駆使していたからだというのが見えてくる。ホモ・サピエンスは知恵を使って人におべっかを使うことも知っていたし、嘘をついたり弁解したりというスキルがあった。ネアンデルタール人にはそれができなかった。

ニコル　純粋過ぎたから？（笑）

ヤマザキ　思ったことしか言えなかったんじゃないでしょうかね。考えてみたら嘘って想像力がいるし、ついたはいいけど、メンテナンスにエネルギーも使うじゃないですか。ホモ・サピエンスはそんなことができたから、うまいこと生き抜いてきたんじゃないでしょうかね。

人間を突き動かすのはやはり生き延びることへの「業」です。仏教でいうところのカルマですね。その業のせいで人間は危険な性質を帯びてしまう。だから業を抑えるために仏教が生まれたり、キリスト教が出てきたり、聖フランシスコのように皆さん清貧をモットーに欲望を抑え慎ましく生きましょう、と諭す人が現れるんですが、人間の業はそう簡単に制御できません。なかなか一筋縄ではいかない。放っておくとマグマのように噴き出てくる。そのせいで争いが起きたり戦争になったりするけれど、また復興する力もこの業の力だと思うんですよね。世の中の人間が全員悟りを開いた釈迦のようになったら、何の文明も生まれてこないような気がします。

ニコル　ヤマザキさんの今のお話を別の角度から言うと、人類っていつの時代も同じ物語を生きている気がします。歴史はそういう人類が繰り返してきた物語の連なりで、いつの時代にも同じ物語が引き継がれている。文化の力ってそういう風に繰り返されるストーリーテリングから生まれるんだと思うんですよ。で、昔の物語も今の物語も、よく見ると同じ構成になっている。全く理解ができない物語なんてないでしょう。そう考えると、人類三千年の歴史はそんなに変わっていないなと思います。

ヤマザキ　イソップ童話って、古代ギリシャのものでしょう。なのに、いまだにみんなあれを読んで、ああそうかなってなると思うし、いまだに新しいですからね。

例えば『アリとキリギリス』という話は様々な国で人生の教訓として読まれてますけど、あれこそ安直な解釈で知ったつもりになっていたら大間違いの物語なんですよ。アリのように、どんなときも勤勉に働いて、貯え(たくわ)をしておかないと、夏の間遊んでいたキリギリスみたいに冬になると死んでしまうという理解で我々は教わっていますよね。あれは本来キリギリスではなくセミなんですけど、アリの人生はまさに同調圧力に屈した社会主義的姿勢ですが、セミは経済生産性に背いた生き方で、夏の間演奏ばかりして楽しんでいた罰があたったんだ、というところがポル・ポト政権や文化大革命を思い起こさせるんですよ(笑)。アリはもしかするとセミが音楽を奏でてくれていたおかげで労働生産性が上がっていたかもしれないじゃないですか。歌舞音曲への偏見があるかないかで、あの寓話(ぐうわ)は捉え方がいろいろ違ってくるのです。例えば歌舞音曲が好きなブラジルなんかは、アリみたいな人生になったら世も終わりだ、と解釈するようですからね。

それから『カエルと牛』も象徴的ですよね。牛の大きさを羨ましがり、誇張して膨らんで、最後にパーンと破裂しちゃう。どの世の中にもそういう人はいる。

ニコル　トランプ（笑）。

ヤマザキ　政治家には多いかもしれませんね。

ニコル　ボルソナーロに、プーチン（笑）。

ヤマザキ　でも猫同士の喧嘩を見ていても、大きく見せようと立ち上がったり前足を上げて威嚇したりするから、大きく見せたがるというのは極めて原始的な欲求なんでしょうね。そして昔からああいう人たちがいたからこそイソップもあんな物語を書いたんでしょうね。

ニコル　そのストーリーテリングのベースにあるのが、人間の業なのかもしれない。

孤独や死への恐れが想像力の源に

ヤマザキ　じゃあなぜホモ・サピエンスは業を持つようになったのかと考えてみます。

私は、ある時点で人間が孤独や死を怖がるようになったからだと思うんです。

　孤独や死というのは、ネアンデルタールまでは当たり前のものだった。でもネアンデルタールですら儀式的な埋葬をしていた形跡があるらしいので、死という見えない世界に対して生じる不安を知恵だけではカバーすることができなかった。ホモ・サピエンスになってからはさらに群れから疎外されたり、孤独や死というものへの恐怖心が強まっていった。死後の世界というのは人類が最も早いうちに疑問という知性を稼働させた現象の一つですよね。亡くなった仲間のロバの周りを他のロバたちがぐるぐる回っているのを動画で見たことがあって、死が特殊な事態であるということはわずかな知性ですら反応することだというのがわかります。

　アルタミラとかラスコーとか、先史時代の人たちが描いた洞窟壁画があるでしょう。ああいう壁画を描いていた絵師はシャーマンでもあったという説があるようです。要するに絵をうまく描けるというのは人間としてかなり特化した魔術的技能だとこの当時は思われていたらしい。しかも絵の力で皆の情緒を動かすことができる。エンターテイナーがシャーマン的立場で多くの人を魅了したり統括できるのと同じことですが、私はその学説はかなり信憑(しんぴょう)性が高いように思います。

ニコル　私もそう思います。確かフランスの洞窟だと思うんですけれど、最近発見された洞窟壁画の中に、子供が描いていたものもあるらしいです。シャーマン的な子供がいたのかどうかわかりませんが、子供ってある意味、予想のつかない自由な感覚を持っていたりするので、そういう特別な子供の役割があったのかもしれない。

ヤマザキ　子供には余計な思惑がないですから、確かにそれは考え得ることですね。そういえばピカソがアルタミラの洞窟の牛の絵を見て、俺こんなの描けないって言ったって（笑）。やっぱり人のウケを狙いあれこれ考えて描こうとしてもいい作品ができるわけがない。ラマヌジャンの数式ではないけれど、作為的ではない力が優勢になる場合も多々あるということですかね。

ニコル　私いつも感じていたんですけど、日本の土偶はすごいなと。山梨の土偶が面白くて、八ケ岳（やつがたけ）に見に行ったりしたんですが、割れた土偶をバラバラにして山奥の離れた場所に置いておくんですよ。それがどういう意味を持つのかわかりませんが、縄文時代の土偶も割られてバラバラにされて埋められている。何かの儀式かもしれませんが。そしてあの土偶の表情。だいたい口が開いていて、「オー」と言っている感じですね。もしかしたら、あれは音を出して何かにお祈りしているのかもしれない。

ヤマザキ　祝詞を唱えているのじゃないでしょうか。土偶というのも人間の想像力の産物ですが、想像力というのはこうした古代の痕跡を見てても思うけど、人間が生きていく上でなくてはならないものだったわけですよ。

シャーマニズムの方向に戻りつつある世界

ヤマザキ　人間には不安という感情がありますね。この感情も私は一種の想像力が生み出したものだと思います。思い通りにならない顚末を含む生きる恐怖、そして死。予測ができない不確実な顚末との共生を、不安と名付けることで、私たちはなおこの言葉の呪縛に囚われるようになってしまった。

ニコル　今、アメリカやイギリスを見ていると、若者たちの不安をすごく感じます。パンデミックが原因といわれていますが、私は前からあった不安がより顕在化しているのだという気がする。パンデミックのせいで、家族との軋轢が高まったり、あるいはあまり人と会わなくて孤独だったり、仕事がなくなったり。精神的に行き詰まっている人が増えているんですよ。

それで、アメリカの若者はみんな葉っぱを吸ってるんです。アメリカではマリファナは違法じゃないし、どこでも店で売っています。それがいい悪いは別として、そういう姿を見てると、シャーマニスティックな世界に戻りつつあるんじゃないかという気もします。

ヤマザキ　そうですね。先ほどのアルタミラの洞窟じゃないですけど、ケイブ（洞窟）時代に戻っていきそうな気配が漂ってますね。結局どんなに文明が進化しても、人間は見えないものが怖い。予測の立たないことが不安。シャーマンという神とつながっているとされる人の存在は、文明がこれから先どんなに発達することがあっても、おそらく払拭されることはないでしょうね。今の世の中も占いや宗教は政治とも密接に絡んでいますけど、古代シャーマニズムの時代からそこは全く変わっていない。

挙手したわけでもないのにこの世に生まれて、死ぬまで生きるのは確かに容易なことではありませんし、シャーマンだろうとエンタメだろうとアルコールだろうと政治思想だろうと、生きるのが苦にならない手段にすがるのは人間という生き物にとってはなくてはならないものなのかもしれません。

実際、日本にも地域によってシャーマンと呼ばれる人たちが存在しています。先日私も仕事でお会いしたんですが、私の顔を見て「あなたは大病をしている！」とおっしゃる。血液検査を前の週に受けてきたばかりで、何の問題もありませんでしたけど、と言うと「じゃあこれから大病になるわよ！」と言われ、不穏な気持ちになりましたが、その人は集落での長的存在の方なので、なるほどこうやって周囲の人々をまとめてるんだなと。私はシャーマン苦手かも（笑）。

ニコル　シャーマニズムを学ぶというのは今もあって、シャーマンになるためのコースが幾つかあるんです。私の知り合いにもシャーマンが結構いますよ（笑）。自分のお墓を作って、その中で一日寝なければならないとか、シャーマンになる訓練はなかなか大変そうですが。でも、アメリカも政府は駄目だし、いい将来が訪れる気が全くしない。シャーマン的なものにすがりたい気持ちはわかります。

ヤマザキ　でも群れを率いる立場の人が頼りないのは勘弁してほしいなと思います。今のバイデン大統領を見てると不安になる人がいっぱいいると思う。

先日学者の方とドイツのビスマルク（一八一五〜一八九八年　ドイツを統一に導いた政治家）という人は怖いイメージがあるけれど、統治力があって、臨機応変性に優れていて、自国のことだけでなく、ヨーロッパにおけるドイツというバランスをきちんと考えることができる人だった、という話になったんです。大巨漢で、大量のビール飲んで、だけど部下たちのことを慮る寛大さとダイナミックさがあったそうです。そういう懐と振り幅の広い考え方を持てる政治家はしばらく見かけてないですね。

ニコル　いないですね。今のアメリカはローマの末期と同じです。

ヤマザキ　まさにローマ帝国が崩壊に向かう傾き加減が今の時代と重なりますね。ルネサンスが終わり、マニエリスムからバロックに差し掛かっていく感じとも重なります。

ニコル もう国が頼りにならないから、今アメリカはどんどん州単位で動こうとしているんですね。フロリダ州もテキサス州も離れようとしているし、ローマの末期とそっくりで、全然歴史が変わってない（笑）。

ヤマザキ また分散し始めていますね。ヨーロッパ連合も一度きちんと統合したけど、やっぱり限界があるのかなあと思って傍観しています。イタリアもファシストの女性が首相になったし、経済問題を解消するため南北でイタリアを切り離そうとする北部連合体という政党も相変わらず支持率が高い。イタリアが統一したのがつい一五〇年ほど前だということを踏まえると、連帯精神というのは実に脆い。古代ローマ帝国もスコットランド国境からユーフラテスまでその領域を拡大したけれど、結局統治には無理があったわけですからね、どんなコミュニティもエネルギーを維持していけなくなると、自分たちの目の届く範囲の共同体だけ守っていこうという流れになっていくんですよ。

ニコル いつかどこかで見たことが、また繰り返される。

ヤマザキ 地球の住人全員が悟りを開いた釈迦のようになれば、何か変化が起こるかもしれませんが（笑）。

ニコル それは……（笑）。

ヤマザキ　人間という生き物の性質を驕らずに熟知することくらいならできそうなもんですけどね、なんとも知恵というものの発達がこんなに制御困難になるとは万物の神も想像していなかったでしょうよ。

操作が難しい民主主義の未来は？

ニコル　私の知り合いで中近東に勤めている人が言っていましたが、二〇五〇年に石油や石炭がもう尽きてしまうと。だから、人類には考えているよりもっと早い時期に、劇的な変化が起きるかもしれません。

ヤマザキ　十分起こりえることですね。かつてのヨーロッパにおける民族大移動だって気候変動が大きく起因しています。生き延びていくために必要なリソースが枯渇する日は遅かれ早かれ必ず来るわけじゃないですか。そうなったときに人間はどんな対応策を取るかということですね。今はただ報道が警告しているだけですが、いざ今のウクライナじゃないけど本当に電気やガスの供給が止まったとき、石油が使えなくなったときにならないと具体的な行動には出ないかもしれないですね。人間としての知恵の使いどころですが、単に野蛮な暴動騒ぎが発生してすべて破綻するということも考えられます。

ゲルマン民族の大移動のように宇宙に大移動になるのか。
そういえば私がヨルダンを訪ねたとき、一緒にいた地元の学者が、近い将来首都に水を供給している水源が枯渇する可能性が高いんだと、そっちのほうが深刻なんだと話していたのを思い出しました。そのうち水を巡る中東戦争が発生するかもしれないし、水を巡る民族大移動も起こるかもしれない。
すべては合理的に長生きをしたいという人間の執着心のもたらした結果といえますね。あえて私はこうした顚末を人間らしさと形容したい。どうなっていくんでしょうね、この先（笑）。

ニコル アメリカも民主主義の代表国としてやってきたけど、それももう現実とは程遠いし、世界的にも極右政党とか独裁体制の国が増えてきて、嫌な感じになりつつあります。

ヤマザキ 先述の『砂の女』で交わした自由とはなんぞやの話に戻りますけど、やっぱり民主主義というものは操作が困難なんですよ。こんなこと言ったら怒る人もいるかもしれませんが、今の世の中を見ていると民主主義という思想でさえ、どこかうさん臭さを帯びてきている気がしています。集落のために、砂のすり鉢の底で毎日砂を掻いて生きることで命の保障をされるほうがましだと思うのか。社会の中で孤独と向き合い自我にすがって砂丘をさまよう自由のほうがましなのか。
ニコルさんは今アメリカにいらしてこの先どうなるとお考えですか。

ニコル　アメリカはね、終わったというか、むしろ時代を逆戻りしてるんですよ。ご存じとは思うんですが、今アメリカで「中絶禁止」の声がすごく強くなっていて、半世紀も前に中絶の権利を認めた「ロー対ウェイド判決」を最高裁が覆したんです。ということは、中絶禁止の法律に違反すると罰せられるので、事情があって中絶せざるを得ない人は、その法律がない州に行かないといけない。このような、今まであった自由や権利が剝奪されるようなことが、これからどんどん起きそうで、なんだか怖いです。
フランスを見ても、結局マクロンが勝ったけれど、極右のマリーヌ・ル・ペンがかなり支持されていますよね。

ヤマザキ　イタリアは実際本当に極右が政権を握りましたからね、フランスもどうなるでしょうね。民衆も皆民主主義に懐疑的になってきている。ロシアとウクライナの戦争も、バイデンじゃなくてトランプだったらもっと適切な対処ができていたはずだという考えの人が増えている。民主主義で改善できないのなら他の手段を、というのは短絡的だけど、結局それが社会の性格でもありますからね。

「高学歴＝いい就職＝幸せ」の公式はもうない

ニコル　そういう政治や世界情勢の話をしていると暗くなるばかりなんですが、希望がなくもない気もしているんです。若い人と話していると、すごく面白いことを言っていて、いい大学行ってもいるのに、就職することにあまり興味がない。そういう傾向を見ると、もしかしたらちょっと未来に希望が持てるかもしれないという気がします。

ヤマザキ　うちの息子の周りは東大や東大大学院出身の友人が多いのだけど、就職してもやめたり、今はプー太郎という人もいて、今はそういう時代なんだなあと感慨深くなりました。野心がないんですよ、勉強ができてもそれをひけらかして威張るとか、そういう意識が全くない。官庁に就職したのにやめて、今は家賃一万円のボロアパートで動画でお金を細々稼ぎながら生きているという東大出身の友人もいるらしい。時代の移り変わりを痛感しています。

ニコル　勇ましい（笑）。

ヤマザキ　彼らには結婚願望もない。同棲（どうせい）している彼女がいるけど、それぞれ好き勝手なことをして生きている。バブル時代のように金を稼いで素敵な女を連れて、いい車に乗って、やがて華々しい結婚式をしていい暮らしをして子供は進学校に、なんていうビジョンは全然ない。そういう形式に拘束されたくないらしい。だから皆そんな暮らし方でも充足しているんです。今までの勉強をすれば幸せになれるっていう夢の公式は、確実に崩れ去りつつある。

ニコル　ケンブリッジやハーバードなども、もう大学自体の存続が危ぶまれているんですよ。今は勉強の仕方はいろいろあるし、ネットで世の中の情報は手に入るし、今おっしゃったように、別に就職ともさほど関係がない。だから、そんな高いお金を払ってまで入る必要ない、と。

ヤマザキ　昔と今とは、幸せというものに対してのコンセプトが全然違うんですよ。なので、私たちが昔の幸せの価値観を今の子供らに押しつけることはもうナンセンスです。無職でもそれが幸せだというなら、それこそ自由という解放を謳歌しているということになるじゃありませんか。

ニコル　大学進学率も、昔と比べて格段に上がったけれど、状況は変わりつつあります。今言ったように、大学がいい仕事をもらう手段にはそれほどつながらないので、最近イギリスでは職業訓練学校がまた注目され始めているんです。起業や商売のためにスキルを学んだり、実習をしたりと、なんだかまた昔に戻りつつある感じです。

ヤマザキ　やっぱりそういう傾向になってるんですね。もう学歴というものが生き延びていく上での何の保障にもならなくなっている。

ニコル　これから教育の中身も変わりますよね。コロナもあって、二年間アメリカに戻ってきているんですが、イギリスの大学で教えてるんです。お医者さんも同じで、会わずにオンライン診断。こうやってデジタル化が進むと、確実に何かが変わっていきますよね。

ヤマザキ　そのうち仕事や学業だけではなく、恋愛ですらバーチャルで満足、となるような気がしています。バーチャルで好きな相手と会話してるだけでもう十分という人はもう実際少なからずいると思いますよ。実際に会うとなんだかいろいろ面倒だけど、バーチャルなら距離感も保てるし、そのうち何かを装着すれば肌の感覚とかも伝わるようになるとかね、そうなっちゃうと本当に生身の人間と接触する必然は薄れるでしょうけど。近い将来そういうのが出てきそうな気がする。一方で私はそのうちＳＮＳが今ほど支持されない日が来るんじゃないかとも思っているのです。単に飽きてしまうのもあるけど、メンタルの運動不足に危機を覚えて、アナログな次元のほうが楽しいと思う人が増えてくるんじゃないかと。面倒臭かったり手間がかかることにエネルギーを費やしたくなる風潮が来ないとも限らない。レコードも最近はアナログの売れ行きが伸びているし、カセットの生産も復興しているそうですからね。飛行機より船旅がいい、という人も増えてくるかも。

ニコル　ああ、それはそれですごくいい。

ヤマザキ　脳や想像力だっていくら意識が省エネを図っても、運動不足を訴え始めているんじゃないかと思うんですよ。人のインテリジェンスはそこまで落ち込んでないと思いたいですね。

ニコル　そういう方向にいけばいいですね。どこかの時点で、生身の体験や知識のほうが面白い、大事だなと気づく。スマホを見てる時間がもったいないって。

ヤマザキ　昨今のアメリカの若者はマリファナを吸い始めているそうですけど、ベトナム戦争の頃のアメリカのメンタリティーと重なる何かがあるのだろうか。戦後の高度成長の中でメンタルの運動不足になっていく実感が若者たちの間で広がったとき彼らは結構アクティブに動き始めていましたけど、その結果面白い映画や文学作品も生まれましたからね。絶望や失望が人間の栄養素になるという話を冒頭で交わしましたが、今が若者たちの新たなフェーズへの潮目であるというのは間違った解釈じゃないかもしれないと思います。

歴史の種火は常に点いている

ヤマザキ　それから、潮目のついでに世界は子供たちに特別な人になれ、何者かであることを目指せ、という教育はやめてもいいんじゃないですかと感じています。市井の人々に、君たちは何か特別なものを持っているんだから、特別なものになれと教えるようになったのがいつの頃からか知りませんが、まあ明治維新以降だと思うけど、この教育姿勢って、ミドル・オブ・ザ・ロードという才能を潰すようにできているんじゃないかと思ったのです。何者かにならねばという義務感と欲望によって人は確かに自らを鍛えていけるだろうけど、そうならなかったとき、またはその人にとってそういう役割がふさわしくないとわかったとき、自分にふさわしい立ち位置を潔く判断できる教育というのをするべきです。ただただ何かになれ、社会に認められる存在になれと煽られ、親に期待されても、それがふさわしくない人だっているわけですから。

ニコル　確かに。そういう教育はすごく不安を煽りますね。

ヤマザキ　中庸という特別性もあるんです。レオナルド・ダ・ヴィンチみたいな人間もいれば、群れの中で日々働くことで幸せになれる人もいる。砂の女だってそこに男がやってくるまでは幸せだったかもしれない。なのに「君はこのままでいいのか」なんて煽られても困惑するだけですから。

特殊な人間になろうと中庸を受け入れて生きようと、肝心なのは自分のキャパシティは自分にしかわからないし、自分に何がふさわしいのかも自分にしかわからない。社会に自分を象らせてしまうから、困惑して、自分はみなさんの期待に応えられませんだの、思っていたより自分って駄目だっただのと否定したくなったりする。もっと人は自分の心底からの訴えや自分の声を聴いてあげないと。

ニコル　私は教育環境がもう少しラボラトリーみたいになるほうがいいと思っているんです。特に大学は人数が多すぎて、顔さえわからない。もっとフェース・ツー・フェースのラボラトリーみたいな感じにすれば、生の会話ができて、より近くなる。

ヤマザキ　なるほど、ラボラトリーね。先ほど、人はなぜ絵を描くのかというと、メンタルにもご飯の供給が必要だからだと答えた話をしましたが、教育というのはメンタル面での第一次産業を培う作業でもありますからね。メンタル用の麦やコメを作る場所とでもいうのか。それぞれが耕した土から何が育つのか、麦が生えてきた、米が出てきた、ブドウが生えてきた、バナナが生えてきた、マンゴーが出てきたと、人それぞれですが、どれも人々が生きていく上で欠かせない栄養素を蓄えた食材なわけですよ。全員に高級ボルドーワインになるブドウ品種だけを作れ！　というような教育は間違ってる。

ニコル　教育も軌道修正しないとね。今はまだパンデミックが収束しきれず停滞していますが、こういう抑圧状態が続くといつか必ず爆発するから、逆に言えば、今が考え直すチャンスともいえる。戦争はあるし、極右が幅をきかせているしで、結局人間って変わらないと言いつつも、こうしてヤマザキさんとお話ししていると、気持ちが軽くなる気がしますね。人間捨てたもんじゃない、という気になる。

ヤマザキ　ヨーロッパにおいて長きにわたる中世がどうやってルネサンスと呼ばれる時代を迎えていくようになったのか、その過程を見ると、やっぱり種火はずっと以前から点き続けていたわけです。すぐに改革はなくても、フェデリーコ二世という多元的な感性とインテリジェンスを備えた指導者が存在し、その後にダンテ・アリギエーリのような異色の詩人が出てきて、様式化していたイコン画に少しずつ変化が表れていく。私の中では中世後期の画家のチマブエやジョット・ディ・ボンドーネが一気に様式化した同調圧力の殻を割った人だと思っていて、その勇気と大胆さを尊敬しています。ニコルさんの言うように、社会の抑圧状態はどこかで臨界点を迎えるでしょう。そうなる前に、またそうなってしまったら、知性の軌道修正を気に掛けることこそが大事なはずです。

　パンデミックを経て経済のパワーが衰え、憔悴した社会がどうやって再起していくのか。百年前のスペイン風邪パンデミックの後に発生した第二次世界大戦のような戦争が再び勃発するのか、はたまたルネサンスのような人間性を成熟させる時代が訪れるのか。メンタル省エネか、またはダイナミックな躍動か。過去に人類がどのような試行錯誤を繰り返してきたのかは、冷静に振り返ればすべて過去に書いてある。未来の歴史書に「人類はコロナ禍の後に思考力が劣化し徐々に野蛮化する」なんて記録されたくなかったら、面倒だとか言ってないで、今こそそれをなぞり直すべきなんじゃないでしょうかね。

ニコル　常に歴史の種火は点いている。おっしゃるとおりだと思います。その種火が人類史に大きな物語を作っていくんですね。

Manga

美術館のパルミラ

palmyra au Musée

Mari Yamazaki

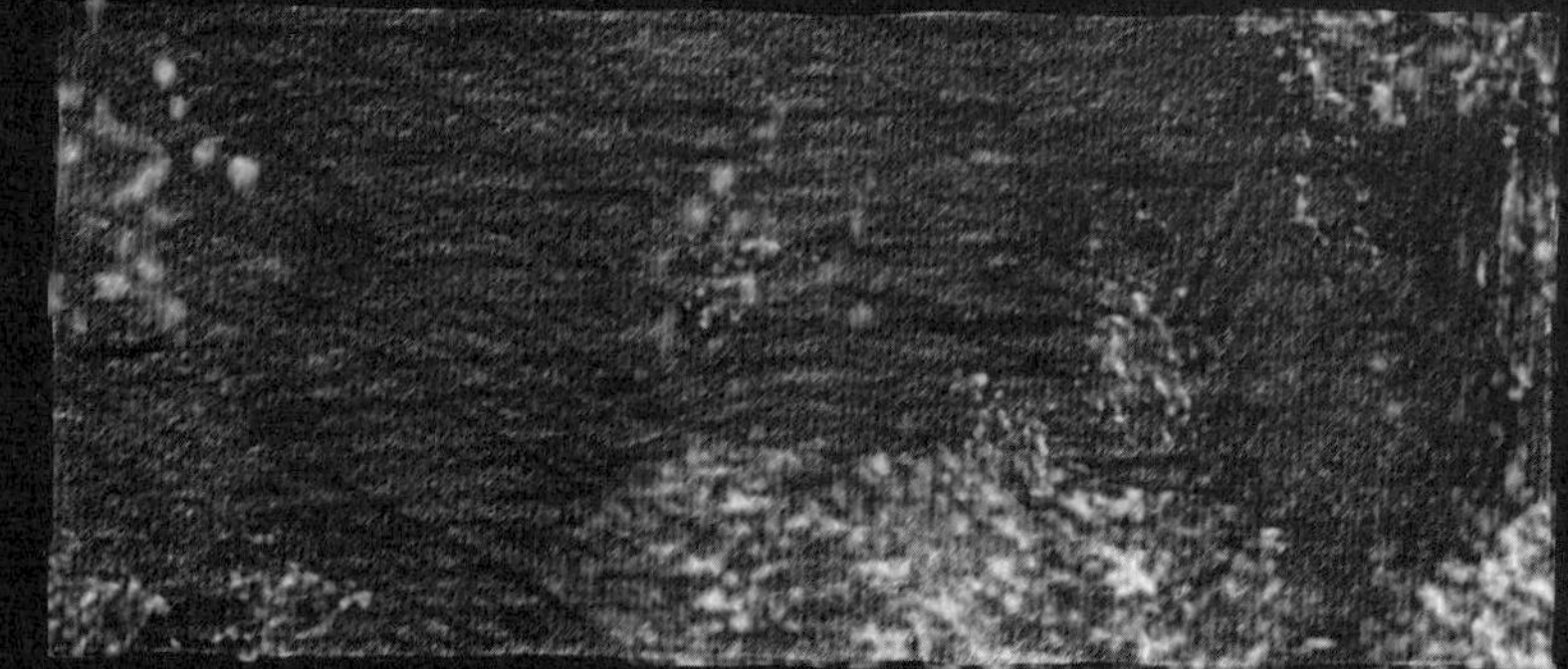

Hommage au professeur Khaled Assad
考古学者ハレド・アサド氏に捧ぐ

『美術館のパルミラ』

ヤマザキマリ

ルーヴル美術館特別展
「ルーヴルNo.9〜漫画、9番目の芸術〜」発表作品

・

フランスでは、漫画を「建築」「彫刻」「絵画」「音楽」「文学(詩)」「演劇」
「映画」「メディア芸術」に次ぐ、第九の芸術と位置付けている。

作品内容紹介

・

舞台はシリア。遊牧民の子供たちが無邪気にパルミラの遺跡で遊んでいる。そこに考古学者ハレド・アサド氏が現れ、遺跡を大事にするようにと諭していると、突然砂塵が舞い上がる。すると遊牧民の少年の眼前に、昔の隊商都市パルミラが再現される。そこはあらゆる人種のるつぼで、絹織物や貴金属を売買する商人が行き交う。さらに少年が圧倒されたのは、パルミラに祭られている多様な神々の姿。呆然とする少年の前に民族衣装を着けた美しいパルミラの女性が現れる。心を奪われていると、遠くから母親の呼ぶ声が聞こえ、現実に引き戻される。

その後、シリアでは内戦が勃発し、パルミラは粉砕され、アサド氏も殺害されてしまう。成長した少年は難民となってヨーロッパに渡り、ルーヴル美術館を訪れる。パルミラの彫像群が陳列されているセクションに行くと、そこにはあの一瞬の過去への旅で出会った美しい女性そっくりの胸像が微笑んでいた。

Essay

人類を救う（かもしれない）ヤマザキマリの七つのヒント

ここに紹介するのは、私を成り立たせているといくつかの栄養素のうちの七項目である。いくつかの栄養素とはいっても、自分をわかりやすく解析してみると、こういった嗜好や必然に分類分けできるかもしれないという単純な推察にすぎない。子供の頃から一度も飽きることなく興味を注ぎ続けてきたものからイタリアでの貧乏留学生時代に身につけたもの、ここ数年で気が付いたものなど、私の頭をふるいに掛けたときに残るであろうこうしたコンテンツは、おそらく今後も私の中でエネルギーを放出しつつ潜み続けていくはずだ。

ニコルさんとの対談でも何度か話題になっているが、人間は精神性の生き物である故、そこから発芽する業の扱いに四苦八苦させられる。仏教ではこのカルマを払拭さえすれば人間はもっと健やかに生きられるはずだと説き、業から身を解くための様々な修行を推奨するが、それを実践するのは正直容易なことではない。そもそも私は、業による精神力の消耗は、業のパワーで補うしかないと思っている。芸術なんていうのは、まさに業にとって必然のエレメンツであり、人類がもし皆悟りを開いた無欲の僧侶だったら、確かに人間社会はかなり健やかなものとなっていただろうけれど、文化の必然性は希薄になっていただろう。なにより人類の歴史がこれだけ長く続いても、人間がこの扱いの厄介な業との共生に挫折した形跡はない。

ホモ・サピエンスは知恵と想像力で生き延びる術の試行錯誤を繰り返してきた。〝希望〟という生命力を支える言葉も人間らしい想像力の産物だと思うし、どの時代の人々もこの言葉にすがりながら生きながらえてきた。希望という言葉に置き換えられた業は、今やただの安堵（あんど）では満足せず、かなり貪欲なものと化しているが、そこが人間という生き物の性であり、面白いところなのではないかと感じている。

私たちはだいたい地球上の生物における成功例でもなければ、自分たちが思っているほど高尚な生き物でもなんでもない。業が災いし、地球の在り方に従順に生きているだけの他の生命体にもたくさん迷惑を掛けているし、むしろ生物として地球から疎まれるほどの失敗的要素もふんだんにある。私の場合、子供の頃から自分の抱える寂しさや不安をごまかしてくれる親切な人間がそばにいなかったので、自然や、本や音楽の力を借りてやりくりするしかなかった。育ちが都会だったら完全に不良娘になっていたと思う。だから、自分という人間の厄介さにも、希望という言葉の持つ軽率な側面にも早くから気が付いていた。つまり私という人間は生きることを肯定するための業と想像力でできているようなものなのだ。

ブラジルの作家パウロ・コエーリョは「雲が多いほど夕焼けは美しい」などと言っているが、なかなか良い表現ではないかと思う。人生を終えるとき、目の前にそんなドラマティックな夕焼けが見えるのだったら、多少困難の多いくらいの人生のほうが体験できてよかったと感じられるはずだ。

業は人間に内在する苦々しい灰汁(あく)であると同時に、生きる醍醐味でもある、と私は思うのである。

風呂

——自分の中の「渇き」がクリエートする力になる

私は一日に少なくとも二回、多いときは五、六回はお風呂に入っている。何はなくてもまずお風呂なのである。というとじっくり湯につかって入浴時間を満喫していそうに思われるが、私の入浴は典型的な烏の行水で、熱い湯にさっと浸かって、さっと出て終わる。たぶん最初から最後まで五分もかかっていない。熱い湯に浸かっているあいだ、頭の中は完全に「無」の状態になる。このたった五分の入浴だけで、条件反射のように今まで煮詰まっていた頭がすっきりとクリアになり、創造力へのエネルギーがチャージされるのである。

どうしてこれほど入浴が自分と切り離せないものになったのかといえば、理由は至極単純だ。要するに、子供の頃には大好きだった入浴が、海外に出てからほとんどできなくなってしまったからだ。十七歳で日本を出て以来、浴槽のある家に住めたことはほとんどない。海外での浴槽は中で体を洗うという用途のものであり、だったらシャワーだけで十分と考える人が多い。今もインテリア雑誌をめくると無用で場所ばかり取る浴槽のかわりに、おしゃれなシャワーボックスを推奨する広告が多いのは、そのせいだ。

エジプトやシリアに暮らしていた時代に至っては、そもそも浴槽がある家に住んだことがないし、その後のポルトガルのリスボンの家では改装の際に浴槽を設置することに決めて業者を呼んだものの、築年数百年の家屋の床には浴槽の重量は推奨できないと、結局シャワーボックスだけが取りつけられた。私はくる日もくる日も浴槽に恋焦がれて過ごし、ＩＫＥＡで子供用のタライを購入し、そこに体育座りをして下半身入浴を試みていたこともある。日本に帰国などをする際に何より嬉しかったのは、久々に日本のご飯を食べることよりも、お風呂に好きなだけ浸かれることだった。

やっと漫画（『テルマエ・ロマエ』）が売れ始めたときに、当時暮らしていたシカゴで浴槽のある家に住もうとしたところ、担当編集者に「あんたの気持ちはわかるが、そこをなんとか、風呂ナシの家に暮らすことはできんのか」と、無茶な要求を突きつけられたことがある。彼によれば「風呂のある満ち足りた生活をしてたら風呂を題材にした漫画など描けなくなるに違いない。風呂に入れない枯渇感があってこそ、あの漫画が生まれるのだ」ということだった。漫画を描くというのはなんという大きな自己犠牲を払わねばならないのかと絶望的な気持ちになり、結局助言を無視して風呂付きのマンションに越すことにした。とはいえ、彼の言っていることにも一理ある。

『テルマエ・ロマエ』は、何十年もの「風呂に入りたい」という私の願望が募って、自然発生的に生まれたのであり、意図的にアイデアを練った上で手がけたものではない。あんな素っ頓狂な発想は窮地に追い詰められなければ出てくるものではなく、意図的な発想によって描いたものだとしたら、おそらくヒットもしていなかっただろう。私の中で制御不能になっていた強い欲求があのおかしな内容の漫画を描かせたのである。今に至るまで、読者の方から「よくあんな発想ができましたね」などと言われ続けてきたが、辛さや苦しみは安穏と過ごしている状態ではあり得ない発想をもたらしてくれるものなのだ。それになんといってもお風呂の心地良さというのは、周囲の人との感覚の共有があって叶うこと。つまり私は、イタリア人の夫とでは叶わない自分のお風呂への願望を、どうしても誰かと分かち合いたかったのである。そういったいくつかの願望が結合した時点で、創作のエンジンがかかるという仕組みだ。

熱い湯にざぶんと浸かって無の境地になると、私の中に幸せ分泌物ともいわれるセロトニンが放出される。その幸せ分泌物の効用は、長い長い私の枯渇感が生み出した生理作用だ。そのセロトニンのおかげで、脳内老廃物が一掃されて、一気に健やかな気持ちになる。つまり、お風呂は私にとって創作活動に不可欠なリセットマシーンなのである。担当編集者が私にいみじくも言った「枯渇感がものを生み出す原動力になる」は、悔しいけれども的を射ている。すべてが充足している上でインパクトのある表現を生み出すことは確かに難しい。気持ちを満たすことのできない苦しみや、圧倒的に何かが欠落している、そうしたバランスが悪い状態に置かれてこそ、それを補う気持ちが自分ですら考えも及ばなかった表現行為につながるのである。

そもそも表現者というものは、本人も意図せずして生まれてくるものだと思う。英才教育を施して、豊かな環境の中で立派な表現者になる人もいるだろうけれど、人々の心をつかんできたミュージシャンには、圧倒的な〝ロスト〟のエネルギーが潜んでいる。ジャニス・ジョプリンしかり、ジミ・ヘンドリックスしかり。マイケル・ジャクソンもそうだ。何を注入しても埋まらない、悲しみ、怒り、絶望感……行きつく先は破綻しかないような救いのない世界から生み出される音楽は、すさまじい威力で私たちの魂に訴えかける。クリエートする真の力とはそういう場所で生み出されるのだと思う。満身創痍にならずして表現者を目指した人間には、決して到達することのできない領域だと思う。

例えば、ジャニスのライブ会場に集まった人々はまるでシャーマンの祈禱に熱狂しているようである。人々はジャニスをまるで神がかった存在のように崇め、実態とは違う幻影に熱狂を増幅させていく。ロストエネルギーの強いアーティストほど、他者が象って神聖化された偶像と本当の自分とのギャップに打ちひしがれ、自分という偶像に吞み込まれ、その苦悩から逃れるためにアルコールやドラッグに走ってしまう。ジャニスも結局ドラッグの過剰摂取で死んでしまった。

表現者であることは、これほどまでに過酷なことなのである。でもどんな残酷な末路が待っていようと、彼らは表現をせずにはいられない。彼らは常に枯渇感や欠乏感に突き動かされながら、多くの人々に欲されている糧を生み出していくしかない。このような表現者になるための発芽分子は、多く人間の中に芽吹く。そして、それをあらゆる犠牲を惜しまずに育んでいこうと思うかどうかは当人の選択次第だ。

私は幼い頃、半分みなしごのような環境で育った。オーケストラの楽員だった母は年中家を留守にしていたので、誰もいない家で寂しさを紛らわすにはどうしたらいいか子供ながらに懸命に考えた。テレビを見ても満たされない。友達と遊んでいれば楽しいけれど、寂しさなど経験していないような天真爛漫な彼らとずっと一緒にいると、虚しさで胸がいっぱいになる。いろいろ試行錯誤していくうちに、家に引きこもって絵を描いたり、読書をしたり、音楽を聞いたり、または外で虫を観察しながら過ごすことが寂しさを忘れさせる手段として最適であることに気がついた。今でも実家には母が捨てずにいた私が幼い頃に描いた作品が段ボールの中にどっさり残っているが、その膨大な量だけでも、当時の自分の寄る辺ない精神状態が見えてきて、なんとなく心苦しくなる。それらは欠乏感を埋めるために排出された私のエントロピーであり、私はそのエントロピーで食べていくしかないという決断に至った。今となってみれば妄想でデコレーションされた素敵な世の中とは別の世界と向き合ってきたことが、大人になってからのあらゆる苦境を生き抜く強さと、表現への化石燃料となっていることを思えば後悔はない。

　あなたが今、悲しみや、怒り、どうしようもない孤独感を抱えているのなら、それは精神性の生き物である人間必須の、むしろなくてはならない人生経験として受け入れるべきだと思う。その経験がいつかあなたが飛躍するときの大事なエネルギーとなって還ってくることは間違いない。具体的な形に象られることはなくても、人生の謳歌というのもまた、一つの立派な表現作品だ。失敗、屈辱、挫折、失望、そして孤独。こういった欠乏感と向き合う体験は表現というかたちに限らず、人間が本来持っているはずの強靭（きょうじん）な力を呼び覚ましてくれる。人間力をフルに稼働させて生きていきたいのであれば、こうした感覚を避けて通るよりは、向き合い、乗り越えたほうがいい。これだけは間違いない。

鳥瞰

――ユーモアは鳥瞰的知性に宿る

ニコルさんとの対談でも交わした話題だが、福沢諭吉、河鍋暁斎、ダ・ヴィンチ、藤田嗣治など、天才的な表現者はみんなユーモアのセンスを兼ね備えている。ユーモアとは、進化した人間だけが生み出せる知性の証であるといっていいと思う。

私は、彼らのようなユーモラスな人間には共通項があると考えている。彼らには押しなべて鳥瞰的にものを見る習性がある。鳥瞰とは、文字通り鳥の目線で高い位置から全体を見下ろすことだ。

ユーモアのセンスを持っている人は、どこか俯瞰で物事を見ているので、自分がどんな厄介ごとの渦中にいようと、そこにはまり込んで悲劇の登場人物にはなり切らず、少し引いた位置から自分を含む全体を見渡す視点を持っている。厄介ごとに直面している自分を鳥瞰で見下ろしてみると、人間なんてしょせんこんなもの、ジタバタしても仕方がないといった達観的な境地にいたり、あげく思い通りにいかない顚末に右往左往している人間が、コミカルに見えてきたりする。落語などはまさに噺家（はなしか）にも聞く手にも人間に対する客観的洞察力がなければ成立しないものだし、それこそ河鍋暁斎の描くユーモラスで風刺に満ちた絵画なんていうのは、そうした人間洞察視点のたまものだと私は思っている。「人生は近くで見ると悲劇だが、遠くから見れば喜劇である」とは、かのチャップリンの名言だが、暁斎はその本質を自らの作品で体現した人物だろう。

厄介ごとの渦中にはまり込み、こんなはずじゃなかったのにどうして、ともがいている人の視野は狭窄的になっていく。自分を俯瞰できない人は精神的ゆとりを失うだけでなく、他人を許すことすらできなくなっていく。遠くの山を目指して歩いているのに、目の前の小さな水溜（みずたま）りにはまってしまったことが気になり、いつまでも目的地には到達できなくなる。しかし鳥の目で見れば遠くの山など少し頑張って飛べばすぐに到達できる距離なわけだ。私たちは機能としての翼は持っていないが、想像力を駆使すればいかようにでもどこにでも飛んでいける。

それにしても最近、ユーモアのセンスを持った人が激減している印象がある。なにせ洒落が通じない。SNSの軽佻浮薄な情報や実のないテレビ番組に垣間見える反知性が跋扈しているゆえなのか。ユーモアもこうしたメディアの作為によって、限定的なものにしか反応できないように操作されているような気がしてならない。

かくいう私もSNSの書き込みに翻弄されることはしばしばある。つい先日も、自分のTwitterに私を誹謗するような言葉が書いてあるのを見て、しばし悶々となり、そばにいた息子のデルスに思わず、「こいつ言いたいことがあるんだったら堂々と目の前に現れろってんだよ、ああむかつく、腹が立つ」と、憤懣をぶちまけてしまった。すると息子は私の憤りを全く無視してこう言い放った。「あのさ、今、母が僕に愚痴った三十秒、何も考えずにぼんやりして過ごしたほうが、どれだけ有意義だったと思う？　ばかばかしいよ、その怒り」。

無鉄砲に生きてきた親に振り回され続けた息子のほうが、私よりずっと達観していた。はい、すみません。おっしゃるとおりですと、私は素直に反省した。

うちの母がよく言う口癖が三つある。「なるようにしかならない」、「大したことじゃない」、「ばかばかしい」。この三つの口癖で彼女は人生のあらゆる局面をすべて片づけてきた。私が何か相談事をもちかけても「そんなの大したことじゃないわよ」「考えてる時間が無駄。ばかばかしい」で終わり。こうしたやり過ごし方も、ある意味人生を俯瞰で捉えてストレスをため込まない彼女なりのサバイバルだったのかもしれない。この母の論法で行くと、SNSに書き込まれた悪口など、「ばかばかしい」の一言で片づけるのが正解なのだが、私はまだそこまでドライにはさばけないでいる。

最近のSNS環境はより一層殺伐としてきて、治安も悪くなってきている。匿名性を隠れ蓑(かくれみの)にして姑息(こそく)な手段でものを言う輩(やから)が増殖しているが、そのやり口は非常にあさましく、姑息な人間性が現れている。本能を優先に生きている動物たちは自分に不都合な敵が現れれば体を張って対立を示すが、人間の悪意は精神面を打ち砕く手段をよくわかっている。つまり人間というのは所詮凶暴な側面を持った生き物であり、こうした私の憤りも、結局は人間を見たいようにしか見ようとしないご都合主義的な怠惰が生み出すものなのだ。

そんな反知性の輩と人間の凶暴な側面に勝てるのは、唯一、鳥瞰的に物事を見下ろせる知性、ユーモアのセンスなのではないかと思う。ふと高いところに視点を移すだけで、我々人間どもがいかに驕りに満ちた卑小な生き物かがよく見えてくる。たったそれだけの心がけで気持ちには余裕が出て、うまくやり過ごす、あるいはうまく切り返す表現が見つかるはずなのだ。と、私も日々自らに言い聞かせている。

虫

――わかり合えないものとの共生はとても大事

私は子供の頃から昆虫に強いシンパシーを抱いてきた。前述したように、みなしごとは言わなくとも親から守られているという感覚と縁遠い環境にあった幼少時代、私は冬以外は毎日屋外の草原や森の中で昆虫を捕まえたり観察したりしながら、寂しさを紛らわしてきた。

採ってきたトンボやバッタや蛾を家の中で放し飼いにすると、皆一斉にカーテンにへばり付く。夜遅くに仕事から帰ってきた母がカーテンを閉めようとして「ギャー」と大騒ぎする図は日常茶飯事だった。それでも、私を一人ぼっちで留守番させている後ろめたさからか、母は私の昆虫好きを温かく受け入れ、大きくなってからもどこからか虫や小動物を入手しては、私に持って帰ることもよくあった。

それが習い性になっていて、私が三十歳くらいでイタリアから子供を連れて戻ってきたときも、彼女がバイオリンを教えているお弟子さんで虫好きの子供から、あらゆる生き物のお裾分けをもらってくることが多々あった。「あんたの好きなナナフシもらってきたのよ。好きでしょ、こういうの」とか、「アフリカツメガエルもらってきた。なかなか気持ち悪いけどかわいいわよ」と、片手にバイオリン、もう一方の手で私の好きな生き物の入った籠（かご）やら箱を抱えて帰ってくるのだが、母にとっては、私が幾つになっても虫好きの寂しい子の残像が消えないままだったのだ。

今は虫捕りの機会はだいぶ減ってしまったが、親子ともども親しくさせていただいている養老孟司（ようろうたけし）先生とは、時々虫捕りをご一緒させてもらったり、お会いするときには虫談議に花を咲かせたりしている。先だって養老先生と佐賀県で虫を採るというイベントでご一緒したことがあったが、その時に、私が肉眼で虫を見つける速さを、養老先生にいたく感心された。昆虫採集のプロである養老先生に「あんた見つけるの早いね」と褒められたときはかなり嬉しかった。確かに普通にその辺を歩いていて、周辺に昆虫の気配を察知する能力はかなり卓越している自負がある。子供の頃から視界の中に、草の裏や葉陰に虫の気配がないかどうか、一瞬のうちに意識を集中させるという癖がついているからだ。ロケ取材の撮影中であっても、屋外で待機している間はずっと周囲の草むらを凝視して、知らず知らずのうちに昆虫を探す癖が抜けない。これはもう幼少期から培われた私の習性と言っていい。

ちなみに虫が好きといっても、虫好きにもいろいろある。養老先生は、採ってきた虫を解体してその構造を調べ、標本としてコレクションをすることに興味を注ぐが、私は生きている状態の昆虫を観察するほうがいい。生物に対してのコレクター的意識はそれほどないし、昆虫は生きているのを観察しているほうが圧倒的に楽しい。できることならたくさんの昆虫と一緒に暮らして毎日虫の気配を感じていたいくらいだ。

私がここまで昆虫好きな理由は、人間と意思の疎通が全く叶わないからである。彼らと共有できるとしたら、大気圏内で生きる生体、ということくらいだ。人類だ、昆虫類だ、哺乳類だ、魚類だなんていう分類など全く意味をなさない、同じ地球という惑星に住まう宇宙生物と言ってもいい。犬や猫とはまだ意思の疎通が叶うが、昆虫とは決してわかり合えない。そこが惹かれてやまない理由なのである。一緒に暮らすにはお互いわかり合えなければとか、共有できるコンテンツが必要だとかいうのは、人間の傲慢さだとすら思っている。同じ人類という種族の中での軋轢を何世紀も緩和できないのも、そうした傲慢さや緩慢さが理由になっているからなのだろう。

ニコルさんとも話題にしたが、今の世の中は感覚や価値観の共感の押しつけが横行していて、それが息を詰まらせる要因となっている。流行りのものに共感するフリをしないと、仲間外れにされたり、時代の感覚に乗り遅れていると愚弄されたりする。共感の押しつけは同調圧力を強め、自分たちに理解できないものや足並みを揃えられないものはなんでも排除の対象となる。民主主義国家とうたいながら、こうした社会で発生する厳しい戒律は、強固な独裁政権を駆使している国と対してかわりない。窮屈さに囚われた社会に生きていることすら我々には自覚できなくなってきている。

私が長きにわたる海外生活によって肌感覚で学んだのは、地球上には本当に、例えようのないくらい多様な価値観を持つ人々が暮らしているということだ。育った環境も歴史も風土もこれだけ違えば、お互いをわかり合うなんてことは不可能に近い。国際結婚をしている私も相手の国の様々な生活習慣や倫理を身につけてきたが、共有できない感覚というのもたくさんある。けれど、昆虫という意思の疎通のできない生体に愛着を抱き続けてきた私には、実は大した負担ではない。なにはともあれ、同じ大気圏内に暮らす同種族の生体として、分かち合えないこともあろうけれどそれを認め合ってやっていこうや、と括れば、余計な諍(いさか)いごとはいくらか避けられるんじゃないかとも思う。

他のどんな生物もそうであるように、地政学で捉えれば人間だって地球上のどんな環境に生まれ、その土地での長きにわたる試行錯誤の上どんな社会であれば群れを統括できるのか、そこにどういった宗教が生まれてきたのか、皆違って当たり前のことなのである。それをひとまとめにした共生など絶対と言っていいくらい不可能なことだ。そんな無謀な妄想を実現させようと思うから、諍いが発生するのだろう。

　同じ人類でありながら意思の疎通の叶わない者同士で互いの特性を敬いつつ、倫理的齟齬があればそれを認め合うような、そんな社会は諍いを強行するより簡単に叶いそうに思うのだが、そうはいかないのが人間という生き物の複雑さだ。持ち前の知恵や想像力も、瑣末（さまつ）な利益を軸に無駄な空回りをし続けているし、それを誰も食い止めることができない。もしかすると、人間というのは、実はそれほど子孫の存続に執着していない生き物なんじゃないかと、今の殺伐とした世の中を見ていて思うことがある。

ノマド体質

——自分の居場所は自分で決める

ノマドとは、英語で遊牧民のことである。ノートパソコンを持ち歩いてオフィス以外の場所で仕事をするワークスタイルを指すノマドワーカーという言葉があるが、居場所を一箇所に定めず、転々とするという遊牧スタイルからそう呼ぶのだろう。

さて、定住民族か、遊牧民族かといえば、私は完ぺきにノマド体質である。先述したように、子供の頃親のいない家に閉じこもっているのが嫌で、いつも外に出ていたのが基軸にあるからか、自分の居場所を決められるのもすごく嫌で、ニコルさんとの会話でも出てきたように、ここから先は行ってはいけませんというボーダーがあれば、私にとってそれは越えるためにあるようなものだった。イタリアに留学していた頃は金欠だったのであまり大きな移動はできなかったが、それでも街中で何度も家を住み替えているし、子供が生まれ、経済的に自由になってからは、年に何度も日本の外へ出ていくようになった。

ところが、思いもよらないコロナパンデミックのせいで、私の移動生活は急に遮断された。こんなに長く日本に留まっていたのは、十七歳でイタリアに渡って以来初めてかもしれない。パンデミックという不可抗力な事情があったとしても、まさかこんなに長く同じ場所に留まることを自分が受け入れられるとは思ってもみなかった。ましてや、東京は自分の生まれ故郷ではあっても、これまで暮らしてみたいという発想を持ったことがない。今まで暮らしてきたどの地域とも共通するが、結局私はいつもなりゆきで自分の居場所が決まる仕組みになっているようだ。

しかし、これだけ長く日本にいたからといっても、私が定住型の体質に変化したというわけではない。物理的移動が叶わなくても、精神は日常に対して変化を常に求めている。日本に足止めされているあいだ、私は映画を一日に最低三本、読書、そして何十年かぶりに油絵を描くことで、今までとは違う日常を模索し続けてきた。

虫の項目でも話したことだが、私は意思の疎通が叶わない自分とは違う次元のものとの共生を当たり前だと捉えているところがある。ノマド的な生き方をしてきたのも、結局は価値観を固定されるのが嫌いだからだ。例えば女性の美しさという観念も、地域によっては全く変わってくる。日本で求められるような透明感のある細くて儚い女性の美しさが、例えば逞しく強そうな女性が美しいとされるポリネシアの島国では通用しない。そういう事例と向き合っているうちに、自分なりの価値観というものが形成されていく。独自の価値観は社会では優遇されないが、自分の中で保持している分には問題ないし、何より自分自身が頼れる存在になっていく。私は実は飛行機の移動が大嫌いだし、人が群れている空港という場所も大嫌いだが、それでも自分の経験でしか育まれない価値観への必要性は、そんな苦労すら払拭する。

　移動した先では否応なく価値観を変えられる出来事に遭遇する。パプアニューギニアの少数民族の村に行けば、そこの住人は戦で殺した敵の頭蓋骨を枕にして寝ていたりする。おまえもこれで寝ろよと言われたら、彼らのルールに従うしかない。対談でお会いした兼高かおるさんは、彼女がとあるアフリカの村を訪れたとき、調理人の鼻くそで塩味に味付けされたスープで歓迎され「食べるしかなかったわよ」と笑っておられたが、こうした様々な価値観の体験は、自分をどんどん強固な体質に肉付けしていくし、人間という幅広い生息性を備えた生き物を知る上でもなかなか楽しい。

そうした物理的移動で向き合うことのできた価値観の差異を、パンデミックの間は映画、読書、そして友人たちとの対話で補っていったわけだが、とくに古い日本の映画から得られるものは大きかった。同じ日本人でありながら、何十年というスパンで社会も人間の価値観もことごとく変わっていく。すでに観ていてわかったつもりになっていた作品であっても、改めて観ると今までとは全く違う感慨を抱くこともあった。戦後、マッカーサーの草案をもとにした憲法が制定されてからの日本映画と、それ以前では映画自体の役割も見せ方も役者たちも大きく変化していて、新しい発見もあった。これは、物理的な移動をしているだけでは気がつかなかった多様な価値観の要素でもある。小津安二郎（おづやすじろう）の「東京物語」（一九五三年公開）はまさに戦後の家族と社会という在り方の変化に焦点を当てたものだが、数えきれないほど観てきたというのに、改めて感慨深くなった。

日本映画だけではない。何十年も関わりを持ってきたイタリアの映画も、やはり戦前戦後で見比べてみると、日本ほどではないにせよ、社会と人間に大きな変化があったことが歴然と見えてくる。物理的な移動ができなくても、このように頭の中で時空間を移動することで、今まで気づけなかった価値観に遭遇するのもまた楽しい。

コロナ禍になって間もなく、「ノマドランド」（二〇二一年公開。アメリカ映画）という映画の評を書いてほしいという依頼があった。依頼主曰（いわ）く、その映画の主人公が私を彷彿（ほうふつ）とさせるのだという。興味が湧いたので早速映画を視聴したが、主人公である初老の女性ファーンは、確かに家族の帰属を幸せとは捉えていない、私と同じような体質の人間だった。

始まりの舞台はリーマンショック後のネバダ州。不景気のあおりで企業が倒産し、次々と工場も閉鎖されていく。そこで長年働いてきた夫を病気で亡くし、家も失った六十代のファーンは、中古のキャンピングカーに生活必需品を詰め込んで、あてどない車上のノマド生活を始める。帰る場所もお金のあてもない生活は過酷だ。日々の糧となる仕事は、行く先々であてつくきつい季節労働で、もらえる賃金もわずかしかない。それでも彼女は、同じような境遇のノマドたちと所々で交流しながら、自分なりの誇りを持って生き抜いていく。

この映画を観て私が真っ先に感じたのは、社会の価値観はマイノリティをスポイルしないと気が済まないという、その狭量さだ。世間的価値観でいえば、キャンピングカーで生きていくことは過酷でしかないけれど、主人公のファーンにとって、社会の帰属に縛られた生き方のほうがずっとストレスフルなのだ。ノマドたちは皆単独で行動しているが、時々どこかに集まってそれぞれの情報を交わす。それぞれ過去に癒せない傷を負っていたり、病気を抱えていたり、一人一人の事情は厳しいが、デコレーションケーキのように虚勢で盛りつけた人生を実現させるために躍起になっている人間たちと違って、社会の凶暴な本質と対峙した彼らの感情は強靭に研ぎ澄まされている。

片や世間は定住生活のできないそういった人間を不幸せだと決めつけて、何とか自分たちの価値観のほうに引っ張り込もうとする。映画では、家族と一緒に暮らすのが本当の幸せなんだよ、帰る自分の家はあったほうがいいよと、ファーンに対して次々と「一般的社会の価値観」を押しつける場面が展開する。厄介なのは、「そんな惨めな生活はやめて家族として一緒に暮らそう」と言ってくる妹も、一度は好意を寄せた男性も、みんな善意として言葉を発していることだ。彼らは、家族や家こそが人生最大の幸せだという自分たちの価値観が正しいと信じ切っている。けれど、その幸せはファーンの求めるものとは違う。ファーンは彼らの気持ちを傷つけないように、そうした場所から離れていく。

彼らの善意の申し出を断り、一人になることを選んだファーンの気持ちが私にはよくわかる。今の私には家も家族も必要なものだし、ファーンのように完全に孤独と向き合って生きられる自信などないが、世間の価値観の中で拘束され続けたくないという気持ちはよく理解できる。それはつまり、私の中に、宗教や法によって生み出されてきた価値観が強いる狭窄性への恐怖心が常にあるからだ。

例えば今私が破産してものすごい貧乏になったとしても、また一から始めりゃいいじゃんと腹をくくれる自信だけはある。イタリアでの貧困画学生時代、ガス、水道だけではなく、電気も未払いが続いて止められてしまったとき、家にあるろうそくをかき集めて鏡の前にいっぱい立ててみたら、反射作用で部屋が真昼のように明るくなって大喜びしたあの時の経験は何にも代えがたい。自由というのはコントロールが難しいが、誰かにすがらない解放感には代えがたいものがある。そして、あの頃培った飢餓感や生きる苦悩や辛さは、全て表現への出力となっている。

「ノマドランド」を撮った監督のクロエ・ジャオがそこまで意図していたかどうかわからないが、この映画には、社会の価値観を押しつける昨今の風潮に一石を投じる意味もあったのではないだろうか。私がそう考えるのは、彼女自身が曖昧なアイデンティティの出自だからである。中国出身の彼女は裕福な家庭に生まれながらも、自国の言論や表現への統制に反発を抱いて出奔し、イギリスを経由して今はアメリカを拠点に創作活動をしている。彼女の映画がアカデミー監督賞をとり、これほど評判になっても、本国では、中国に批判的だということで彼女の記事は意図的に削除され、作品も検閲の対象になっている。中国はかつて人間の知性や教養、そして表現が中枢の指示する統括の方針に悪影響を及ぼすとして文化大革命のような弾圧を行い、二千万もの人たちが粛清されたが、今もあれと同じことが起こりつつある。局が人民に一番望んでいることは、何も考えず散漫でいて、ただ金儲けの駒となって働いてくれればそれでいい。いわゆる愚民主義である。こうした中国特有の権威的資本主義というのは、私のような人間にとっては一番恐ろしいシステムだ。既成の価値観に疑問を呈する私などは、まず最初に当局の標的になって叩き潰されるだろう。

　中国だけではなく、日本も例外ではない。中国のように具体的ではないが、社会の価値観に抗おうとする人間がいれば、世間体が潰しにかかる。特異性が金稼ぎになるうちはいいが、金を動かす用途がなくなればたちまち私たちの視界から排除されていく。キリスト教やイスラム教のような戒律下に置かれていなくても、世間体は宗教性を帯びた倫理の同調圧力を作り出し、群れに同調できない人間を不安にさせるよう仕向けていく。なぜ、社会はもっと革新的な群れ社会の統治を未だに生み出すことができないのか、もどかしくなる一方で、人間というのはそもそもそういう生態なのだと達観するしかないような気持ちにもさせられる。

　すがるもののない、自由という荒野を彷徨（ほうこう）するノマドな生き方は過酷だが、その辛さと対峙した人間からは、自らの命と魂に対する尊厳が生み出される。映画を観終わって、私はクロエ・ジャオのそんなメッセージを聞いた気がした。

水木しげる

——生き物としての感覚を生涯持ち続けた心の師匠

水木しげるの漫画に出会ったのは、フィレンツェに留学し始めた十代の頃だ。日本からやはり美術の留学に来ていた私より十歳年上の女性から勧められて、初めて『河童の三平』を読み、フィレンツェの美術館に陳列されるボッティチェリの生の作品を目の当たりにしたのと同じレベルの衝撃を受けた。水木しげるといえばアニメーションを通じてでしか作品を知らなかったので、時代や流行りに全く連動していない唯我独尊のその凄まじい画風と内容には、本当に驚いた。

水木しげるは安部公房と同様、フィレンツェ時代の私に大きな影響力を与えてくれた師匠だと思っている。彼の描く作品もさることながら、その人柄や生き様には強く共鳴するところが多かった。戦争も体験していなければ、五体満足でもあるけれど、知識人の特異な親がいたことや、画家を目指していたこと、出征先のパプアニューギニアで現地の人と親しくなったり、帰還後美術学校に入学するも貧窮により様々な仕事を経て最終的には漫画を描くようになったこと、そして漫画家として名を知られる大きなきっかけとなった漫画賞の受賞が四十三歳だったこと（私も手塚治虫文化賞短編賞を四十三歳で受賞した）、そしてその後の漫画家として活躍するようになってからの、締め切りに追われる怒濤の暮らし。もちろん自分勝手なこじつけもあるが、こうした水木さんの人となりの過去を辿ると、何やらやる気が湧いてくるのである。特に、もともと画家志望で純粋絵画をやっていたのが、食べていけなくなり、様々な仕事を経て、紙芝居や漫画を描き始めたという、その動機には強い共感を覚えるのだった。

中でも戦争時代の記録漫画には、どんな表現者にも追従できない強烈な独自性がある。あれだけ戦争で惨憺たる目に遭い、爆撃で片腕を失ったというのに自分を悲劇の渦中に置かれた哀れな人として演出することはない。仲間がワニに食べられようと、左腕を失おうと、生と死の狭間で打ちひしがれる兵士たちの悲惨を描いても、どこか全体がひょうひょうとした様子で括られていく。人間という現実を、俯瞰で淡々と分析していくようなその描写から、水木さんの大らかかつ強靭で冷静な精神力と、現実に対する驕りのない鋭い審美眼が垣間見える。

配属されていたニューブリテン島では現地のトライ族たちと仲よくなった水木さんだが、彼らはちょくちょく現れる絵の上手な兵士の水木さんを「パウロ」と命名し、歓迎した。毎回村を訪れると「おい、パウロが来たぞ」とあたたかく迎え入れてくれるだけでなく、そのうち「おい、パウロのために畑をつくっといてやったぞ」と、水木さん用の立派な畑まで献上してくれたのである。兼高かおるさんも顔負けの外交力である。現地人とのこうした交流は、人間に対し偏見のないピュアな水木さんだから成し得たことだろう。村人の歓迎は畑にとどまらず、なんと嫁まで用意されてしまうことになる。「パウロ、おまえの嫁は、村一番のべっぴんさんだよ」と言われ、水木さんは本気で心が動き、現地人の娘との結婚を考えたという。村から帰った水木さんは、軍隊の戦友に「俺、ここに残ろうと思う」と告げるが、その戦友に「おまえ、一回は家に帰れ。日本に帰っておふくろさんに顔を見せて、無事生還したと伝えてからまた戻ってくればいいじゃないか」と説得されて、帰国を決める。結局パウロは日本での定住を決めるが、パプアニューギニアでの体験は表現の道を選んだ彼の礎となっていく。

帰国後は苦しい生活が続き、紙芝居作家を経て漫画を描くようになっても当時は貸本漫画という形でしか作品を発表できず、困窮を免れることはできなかった。それから何年か後、『墓場鬼太郎』シリーズでやっと漫画家として人気が出始め、水木さんはその後の圧倒的な人気の妖怪ブームの火付け役となる。パウロないし水木さんがパプアニューギニアを再度訪れたのは、戦争が終わって二十数年経ってからのことである。戦時中お世話になったトライ族の人たちとも再会を果たした。戦争当時は彼らを地球とつながっている人という愛敬を込めて「土人」と呼んでいたが、その後「森の人」と呼び方を変え、それから何度もパプアニューギニアを訪れては彼らと寝食を共にしている。漫画家という過酷な仕事に縛られ、仕事場に閉じこもって仕事をするだけの日々を過ごしていた水木さんにとって、日本の外へ出て自然と共に暮らす森の人たちとの交流は精神的なバランスを保つために欠かせないものだったのではないだろうかと推察する。

そもそもパプアニューギニアという土地と水木さんとの相性がとても良かったのだろうと思う。彼が生き延びることができたのも、そうした相性の良さ故だったのではないだろうか。あの鬱蒼としたジャングルの中で、自然の精霊を装った奇妙なお面や衣装に身を包んだ人々による儀式や奇妙な踊りを目の当たりにしたとき、民間信仰の息づいた彼の故郷や、幼い頃に強い影響を受けた「のんのんばあ」の語る目に見えない日本の妖怪たちが、水木しげるの想像力の中で象られていったのだろう。

私の『テルマエ・ロマエ』もそうだが、水木しげるさんの漫画も、こんな漫画を描こうと思って意図的に案を練って出来上がったものではなく、彼の体験によって排出された自然現象のようなものに近いのだと思う。戦争という不条理と、ジャングルの中で出会ったアニミズムの精霊たちといったコンテンツが、水木二等兵の想像力にエネルギーを焚きつけていたのだろう。これも枯渇感のなせるわざだ。日本に帰ってからも、遠い南の島での出来事を何度も反芻し、現地の妖精たちに焦がれ、かつて「のんのんばあ」に語られた民間宗教が立ち上がり、そうして生まれた妖怪たちに子供も大人も魅了された。

そんな水木しげるに秘かに嫉妬していたとされるのが手塚治虫だった。自分の息子がブームに乗って『ゲゲゲの鬼太郎』のファンになったことも、その要因となっていたのだろう。手塚治虫さんは、戦後の荒れ地は見ているものの、水木さんのような九死に一生を得るような壮絶な戦争体験をしてきたわけではない。有体に言えば手塚治虫はストラテジックな教養人で、なるようにしかならない的な姿勢の水木しげるとは立ち位置が違う。そうした比較もまた勤勉だった手塚治虫には納得のいかないところだったのだろう。この対比を考えるとき、レオナルド・ダ・ヴィンチやスティーブ・ジョブズの評伝を書きながら、勉強への勤勉さとシンクロしないイノベーターの在り方を探っている優等生のウォルター・アイザックソンを思い浮かべてしまう。ニコルさんとの対談でもこの件については触れたが、水木しげるという人も、日本の民間宗教という比較文化を漫画を通じて掘り下げていったイノベーターといえるだろう。

　そういえば、水木しげるは属性のない作家だった。藤子不二雄（ふじこふじお）や石ノ森章太郎（いしのもりしょうたろう）のようにトキワ荘にいたわけでもなく、その他の漫画組織にも属していない。つげ義春のようなやはり属性のない孤高の作家にアシスタントをしてもらっていたのも、実に彼らしい。水木しげるは孤立しながらも、それを負と捉えず我が道を行く人であった。彼は読書家であり、映画もたくさん見て、大変な博識だったが、それをひけらかすようなことはなかった。人間という生き物が、社会が信じ込ませようとするほど優れているわけでもない、むしろ凶暴で愚劣であるその側面を、戦争体験と戦後の貧困を通じ正面から対峙した水木さんにとって、社会に向けて自らを特別な存在として誇示する必要性など微塵もなかったはずだ。そして、なにより彼は孤独や死と常につながりながら、そうした命の真実を堂々と受け入れながら生きていた人だったと思っている。

　あの頃を生きた人々が戦争、そして戦後の混乱期に感じさせられた不条理の意味は大きい。私たちは人生が始まったと同時に生まれてきたことを肯定しなくてはならず、人生は素晴らしいものであり、人間は良い生き物で幸せを保障されるべきだという概念に乗っ取った生き方を強制的に教え込まれる。しかし、そうした確定的思念で作られた妄想は所詮脆い素材でしか作られていない。風が吹けば吹き飛ばされ、雨が降ればたちまち破れてしまう。しかも人間同士で互いにその妄想を崩し合ったりもする。その現象を我々は不条理という言葉に置き換えているが、その真意を知ることが、そして体験することが、孤独にも耐えうる人間の本質的強靭さを引き出すことになる。そして、そんな人間の在り方への示唆を読み取ることができるのが、まさに水木しげるの作品なのである。

壁

――人生の不条理をたらふく味わうと、見えてくるもの

私を西洋至上主義的人間だと捉えている人がいる。これは、私以外の海外在住者にも見られる傾向だが、どうも日本と他国の比較をすると、それは自動的に西洋を優先した目線での見解と解釈されてしまうらしい。私など、正直海外では散々な思いばかりしているし、イタリア留学も自分の希望で行ったわけではなく、今までに何度となく「なぜ自分はこの国と関わりを持ってしまったのか」と考え込むことがあったくらいで、決して西洋を持ち上げているような言動はしていない。ここ最近では例えば『パスタぎらい』というタイトルの本を出すくらい、イタリアの食文化にも馴染んでいない。私の海

外での体験についての客観的視点はエッセイを読んでもらえば明らかだが、どうやらその面倒を端折って〝ヤマザキマリは西洋かぶれ〟と括りたがる人が少なくない。

私にとっての世界は、どこも同じだ。長所もあれば短所もある。前述したように、土地が変われば人の倫理も変わる。歴史が変われば生き方も変わる。どこが良くてどこが嫌いなどと短絡的な解釈に収まる話ではない。

『テルマエ・ロマエ』は風呂を基軸とした比較文化漫画だが、漫画の内容を初めて知った夫から「君って結構ナショナリストなんだね」と言われて驚いたことがある。あの漫画は要するに日本の隙間産業の開発品を取り上げるなど、経済的に豊かな時代だからこそ受け入れられる世界観をテーマとしているが、夫曰く、日本を褒めまくっているというのである。しかも、日本でも同じように『テルマエ・ロマエ』を日本賞賛漫画と受け止めている読者の方がいて、私がある日テレビで「あの漫画は決して日本を持ち上げるために描いたというわけではない」という話をしたら、「がっかりした、もう読まない」などとＳＮＳに書き込まれたこともある。

私には、世紀の帝国といわれた古代ローマには私たちと共通しているところがたくさんある、そこから古代ローマの歴史の面白さを知ってほしいという意図があった。自分がたまたま地中海世界を転々とする中で接してきた古代ローマ文化の軌跡を、もっと馴染みやすい形でいろんな方たちに知ってもらいたいという、願望しかなかった。夫に至っては、多くのイタリア人がそうであるように、自分たちの歴史と文化を外国人である私が容赦なく取り上げて自国文化と比較するお笑い漫画にしたてたのが面白くなかったのかもしれない。

作品の読み方は人それぞれだし、どう読もうと読まれようと私にああだこうだと言えた筋合いは一切ない。作品というのは一度手放した後は、受け取った側のものになる。ただ作者の矜持として、ものごとを常にフラットに解釈する視点を持ち続けていないと、独りよがりの浅いものしか描けないとは思っている。

繰り返すが、私は未だかつて、自分が望んだ土地に暮らしたことがない。旅ですらそうだ。十四歳での欧州の一人旅は、母から一方的に行けと推し進められたものだし、その後のイタリア留学も、エジプトもシリアもポルトガルもアメリカも、全て家族の都合で生活しなければならなかった国々だ。自分の意志で行ったのはキューバのボランティアとブラジルくらいだ。自分の人生はすべてが意に沿わない成り行きばかりだった。コロナで東京に三年近く足止め状態となったが、まさか東京でこんなに長く生活するとは思ってもみなかったので、これもまた想定外の展開である。そもそも私は世界のあらゆる国を転々とすることで自分が変わるとか、エネルギーが補塡されるだろうとか、そんな前向きな期待など抱いたことがない。兼高かおるさんの番組を見ていた子供時代は未知の世界に胸を高鳴らせていたが、九歳で母に連れられて香港(ホンコン)にしばらく滞在したあたりから(香港のオーケストラに入るつもりだった母の下見が目的だった)、世界に対する妄想の暴走はなくなった。

しかし、自分の思い通りには運ばない人生の展開を経験するのは大切なことだと思っている。あなたが今、人生先が見えないとぼやいているなら、下手な希望的観測など立てずに、なるようにしかならんと腹を決めて、例えば『サピエンス全史』でも読んでほしい。人類の歴史を俯瞰で見ると、何千年経とうと、人類はそれほど変化を遂げてはいないことがわかってくる。知性は自分の命を正当化させ、長持ちさせるためにあらゆる工夫を駆使してきたが、どんなデコレーションを盛りつけようと、生きるのは大変なことには違いない。人間に対して過剰な期待を抱かなくなれば、気持ち的にいくらか楽になるものだ。

私は、イタリアを含め、行く先々でいろんな壁にぶち当たって不条理の洗礼を受けてきたが、その渦中にあって、こうなればいいのにという希望的観測というものを持ったこともない。諦めているのではなく、子供の頃から人間の社会なんていうのは所詮そんなもんだと思って受け入れているからだ。親がいない家だったことで一般の子供が感じなくていい孤独や辛さを受け入れてきたことが強く影響しているのだろう。人生はなるようにしかならない、という言葉はやはり動乱の人生を送ってきた母の口癖でもあった。なるようにしかならないと思っていれば、自分に余計な負荷も背負わせないで済む。何かとんでもないことが起きても、まあこんなもんだよな、と右往左往せずに現実を受領する覚悟が定まる。しかし、逆に理想や麗しい未来を頭に思い描き、本来ならそうであるはずなんだなどと確信していると、思い通りの展開にならなかった場合のダメージは大きくなるばかりだろう。

私自身、何度も人の裏切りに遭ってきたが、どこかで耐性がついてしまって、いつのまにかそれほど驚かなくなった。「人間のやることとは思えない」などという言葉を耳にするが、もともと人間はひどいことのできる生き物であり、それをそれぞれの倫理で制御しているに過ぎないと思っていればショックは少ない。

コロナウイルスのパンデミックで、世界中が大騒ぎになって、「なんだってこんな酷い目に遭わなければならないんだ」などと嘆く声もあちこちから聞こえていたが、歴史を辿ればパンデミックの歴史は人類の歴史から引き剝がすことはできない。今までに数限りないパンデミックというものと人類は対峙している。そして忘れてはならないのは、ウイルスとて、自分たちがどうすれば地球上で存続していけるのか、必死で模索しているのである。人間は知性で自分たちの命を特別なものであり、尊く貴重なものと捉え、この地球上で最も優れた種族という意識を持っているが、地球という惑星からしてみれば私たちはその他の生物と全く同等であり、知性があるからといっていつまでも子孫を存続するにふさわしい生物という待遇を受けているわけではない。それを理解しておけば、生きるのはもっと楽になるはずだと思うのだが、世の中は人間の弱みにつけ込んで、自分たちは特別なのだから、特別な生き方を保障される社会を築きましょう、という首謀者の策略にどんどん吸い込まれていくのだ。

民主主義の危機というフレーズが言われだして久しいが、私は本来の民主主義とは、主義などではなく、人間の精神的成熟を意味する言葉だと考えている。精神を成熟させるにはやはり精神と知性を鍛えなければならない。運動をしない人間がモヤシのように脆弱になるのと同じく、精神と知性が鍛えられていない人間は脆弱だ。ソクラテスは「人間は卓越しなければならない。卓越するには、日々真理を求めて勤勉でなければいけない」と言っているが、今、それをどれだけの人ができているだろうか。二五〇〇年前の哲学者の言葉がただのお飾りになってしまっているその理由は、人間が怠惰だというだけではなく、モヤシ化した脆弱な知性の人間の増長をどの時代の社会も推奨し続けてきたからだろう。

オラフ・ステープルドン（一八八六〜一九五〇年　英国の作家・哲学者）が書いた『最後にして最初の人類』というSF小説がある。映画化したときにパンフレットの解説を書かせてもらったが、この小説は、人間を野放しにしておくと何が起きるかを、ステープルドンの圧倒的な想像力を駆使して一九三〇年代に書かれたSF界の衝撃作である。終末戦争から核の暴走、生物兵器による疫病の蔓延と、人類はこれでもかと負の歴史を積み重ねていく。それでも試行錯誤の末に「覚醒」し、それまでの失敗や失態を踏まえての変化を繰り返す。ときには体全体が巨大化し、ときには巨大な脳みそだけになり、空を飛び、宇宙の真理を音楽と考える平和な人間になって進化をはかろうとしたりもするが、やがて太陽系の星の終わりが近づいてくる。そして最後は二十億光年の彼方から本を読む私たちに電波で信号を送ってくる、絶滅寸前の種子のような存在となっているのである。

ステープルドンは思想家としてSFを手がけていた人物だが、一九三〇年代にして、すでにこのような不穏な人類の未来を予測しているのには心底驚かされる。結局人類は、何をやっても破滅への道を回避することはできないということを、オラフ・ステープルドンは予測しているのである。小説の冒頭部分は中国とアメリカが二大対立国となって争う近い将来への予測で始まるが、九十年も先の未来をほぼ言い当てている。そういえばジョージ・オーウェルも、『1984年』では、監視社会の恐ろしさを見事に小説にしているが、人間の鍛えられた想像力というものの計り知れないポテンシャルを痛感させられる。

こういった優れた小説などを読むと、希望的観測ではない予測を私たちの想像力もするようになっていく。自分の視野や思考が停滞しているなと感じたときは、過去の歴史をたどったり、こういった本をきっかけに想像力を稼働すれば、それだけでも十分精神の修練になるし、力強い足取りで歩き続けるためのヒントが見つかるかもしれない。

カラスの利他行動

――文明が存続するか否かは「利他性」にあり

私は子供の頃からカラスという鳥に強いシンパシーを抱いている。寂しかった子供時代、単独でいながらも大声で堂々と空を飛んでいるカラスを眺めながら、彼らを羨ましいと思っていた。今でもうちの近くによく飛んでくるカラスと友達になりたいと思っているので、餌の設置なども試みてみたが、利口なカラスには何か胡散臭い(うさん)と思われているのか、なかなかうまくいかない。仕方がないから漫画の作品やイラストにカラスを登場させて、自分を宥め(なだ)ている。

カラスといえば、先日とても興味深い動画を見つけて、何度も見返してしまった。カラスが道路で見つけたパンを食べようと嘴で細かく砕こうとしていたら、突然そこに野ネズミが現れた。ネズミもパンを欲しそうにしているが、自分よりも大きなカラスが怖いらしくてなかなか近寄れず、その周りをグルグル回っているしかできない。カラスはネズミに気付いていているのかいないのか、とにかくパンを食べることに一心不乱になっている。やがてネズミはあきらめて、そばの土手にある自分の巣に入ってしまった。するとどうだろうか。それまでネズミを無視していたカラスが、嚙み千切ったパンくずを一片嘴に咥え、ネズミの巣の前まで運んでいったのである。その後カラスは再び元の場所に戻ってパンを食べ始めるのだが、おそるおそる巣穴から顔を出したネズミは、カラスの置いていったパンを咥えると、素早く巣穴に戻っていったのである。

　この動画にひどく感動して何度も繰り返し見ているうちに、思わず涙が出てきてしまった。言っておくが、このカラスはネズミに優しくしたいからパンくずを分け与えたのではない。カラスは同じ生物として地球で共生していくための本能的意識によって、そのような行動を起こしたのだと思う。専門家ではないのであくまで直感だが、私にはそんなふうに思えてならない。人間も森や林で遭遇した野生動物に餌を与えてしまう場合があるが、カラスには我々のような「かわいいから」「かわいそうだから」といった偽善的心理はない。単純に、餌を欲しがっている生き物に自分の食べているものを分け与えた。それだけだ。

　はたして見返りを求めず、偽善でもない利他性を持つ人間がどれだけ存在するのだろうか。マザーテレサやガンジーのような人が存在していたことを思うと、皆無とは言い切れないのだろうけれど、業に突き動かされている多くの人間はカラスのような利他性は持ち合わせていない。今の人間は高度なテクノロジーが随所に駆使された社会を文明的だと信じて我が物顔で生きているが、自分たちを司る地球と相互理解が成立しているかというと、どうもそのようには思えない。むしろ、そんな相互理解など必要だと感じている気配すらない。そう考えると、地球とその生態系を慮った利他的行動が本能に組み込まれていると思しきあのカラスのほうが、人間よりも知性の発達した存在に思えてくる。

　もし人類にもこのカラスのような利他性が備わっていたら、独裁や極端な社会統括力のようなものは発生しなかったのではないだろうか。それぞれがどこで何をしていようと、お互いの命や生き方を配慮する本能がしっかり発達してさえいれば、自(おの)ずと等身大の社会が形成され、弾圧なんて現象も必要なかったのではないだろうか、などという妄想が膨らむ。

　ソクラテスの弟子であるプラトンの言葉に「人間は誰でも皆生きるのが大変なのだか

ら、お互い優しくしなさい、お互いを敬いなさい」という内容のものがある。しかし、現状を見ていると、それを実践することができるのは、利己性や業から己を解くことのできた、仏教でいえば悟りを開いたような人間のみに限られそうだ。

人類は地球史上最も支配的な生き物であり、生命への執着がどんな生物よりも圧倒的に強い。日々どうしたら長生きできるか、若いままの外観を保てるか、エネルギーを衰えさせずにいられるか、そんなことで頭がいっぱいになっている。メディアでは元気な老人を褒め称(たた)え、民衆にも長生きという美徳を強制するが、そんな欲求にしがみついている生き物は人間だけである。なぜ自然の摂理として老いて死ぬことを拒絶しなければならないのか、よくわからない。

さらに言えば、自分さえ生き残れば他はどうなったっていいというエゴイズムは、おそらく誰の中にも潜在しているはずだが、いったいどうすればこの支配的で傲慢な生き物が暴走して核爆弾のスイッチを押し合い、自分たちで自害して終わるような結末を迎えずに済むのだろうか。今のままだと、先述したオラフ・ステープルドンの予測が単なるフィクションで終わらない可能性は充分にある。そんな顚末を迎えないための具体的な方法は私にもわからない。ただカラスの利他性を見ていてふと思ったのは、たとえ我々人間が本能を知性で凌駕して社会を築いた生き物だとしても、地球とうまく折り合いをつけていくための心掛けを失ってはならないということだ。

　カラスが教えてくれた利他行動は、生き物としての全うな生存本能から発動される、あらゆる生物、そしてあらゆる人種との平和な共生への手がかりなのではないだろうかと感じている。人間に希望的観測など持つ気力はとっくに失せている私だが、それでも自分が人間であることはやめられないので、せめてあのカラスのように地球の法則に抗わない生き方をして人生を全うしたいと思っている。

Epilogue

ヤマザキマリさんは右脳と左脳の間に立つ人

ニコル・クーリッジ・ルマニエール

ヤマザキマリさんとの数度にわたるディスカッションは、非常に刺激的でした。一つの対談が終わるたびに、興奮した私は「次は何を話そうか」「この問題について彼女はどう考えるだろうか」と、その夜はなかなか寝つけませんでした。ヤマザキさんは、私がこれまで会った中でも、最も熱く、かつ思慮深いアーティストの一人です。

彼女との会話がなぜこんなにワクワクするのか。それは彼女の思考が直線的ではなく、きわめて多様な視点を結合させているからです。常に会話の軌道が新しい領域へと伸びていき、異なるトピックをつないでみせる鋭い洞察力がある。右脳人間、左脳人間というタイプ分けがありますが、彼女はそのどちらにも属さない稀有な人です。理論派であると同時に、細やかな情動性も持ち合わせている。おそらくヤマザキマリという人は、右脳型でも左脳型でもなく、その中間に立って右脳と左脳を自由に行き来して、それぞれの能力を融合させているのではないか。そんな印象を強く持ちました。

対談の中でも話しましたが、私は日本の大森貝塚を発掘した考古学者、エドワード・シルベスター・モースを研究対象の一つとしていますが、彼の能力の発揮のし方とヤマザキさんには、よく似た共通点があるのです。彼は珍しい両手利きで、非常に上手く絵を描くことができました。東京帝国大学での講義中に、片方の手で魚の頭を描き、尾のほうをもう片方の手で仕上げるという離れ業を、生徒たちの前で事もなげにやってみせたといいます。しかも、その間ずっと話し続けていたというのです。以前、私はヤマザキさんが似たようなことをしているのを見た記憶があります。こんなことが可能なのは、視覚と言語能力を効果的に組み合わせて、同時に駆使できる稀有な能力の持ち主だからです。ヤマザキさんが漫画やイラスト、絵画にとどまらず、執筆活動にも精力的で、さらに様々な分野の人々とも自由にコラボレーションを楽しめるのは、その能力のなせるわざだと私は思っています。

そんなヤマザキさんと私が多くの共通点を持っていることを知ったのも、嬉しいことでした。私たちは二人とも若い頃に大きな事故に遭って、人生とは限りある時間でしかないことを思い知りました。さらに私たちはかなり若い頃、ほぼ同時期に、一人で飛行機に乗って生まれ育った地を離れ、異国の孤独を味わっています。その時から育まれてきた、個々人の中にある自由と独立を強く求める気持ちが、現在の私たちを形作っているのだということが、対話の中でより一層明らかになった気がします。お互いが関心を持っているアーティストたちの話を掘り下げていくのはもちろん楽しかったですが、二人とも常に身に着けているものがローマ時代のインタリオ（沈み彫りの技法が施された装飾品）だったことなど、そんな小さな類似点も何だかとても幸せでした。

この本のテーマは人類三千年の幸福論ですが、私たちが話したことのほとんどは、幸福論どころか、いかに人類が作り上げたシステムが欠陥に満ちているか、あるいはちっとも成長しないホモ・サピエンスの実態についてばかりです。ときにヤマザキさんは、変わろうとしない人類に対して、憤慨したり絶望したりしているようにも見えましたが、実は決してあきらめてはいないということも、すぐにわかりました。

例えばテレビ番組の収録で、ある男の子から「人間はなぜ絵を描くんですか」という鋭い質問をされ、「絵というのは脳みそのご飯なんです」と答えたというエピソードを、とても感動的に話していたし、彼らの未来を肯定的に捉えていました。彼らのようなデジタル・ネイティブ世代が、この惑星の未来をどう作っていくのか。彼らが未来に生き残るためには、貪欲さや人種差別に根付いた考え方、そして覇権主義やエリート主義による古いやり方を変えていく必要があります。

古代ギリシャの先人たちは、二五〇〇年も前に、教育の本質を見抜いていました。それが七つのリベラルアーツ（自由七科）です。「文法」は話法を教え、「修辞学」は言葉を飾り、「論理学（弁証法）」は思想を構築し、「算術」で計算の力を養い、「幾何学」で図形や空間を解析し、「天文学」で宇宙の法則を研究し、「音楽」で人の心を動かします。古代ギリシャのセレブたちは、真の市民になるためには十八歳までにこの七つの学問を習得することが必要だと考えていました。このリベラルアーツにあって、今の教育システムに欠けているのは、豊かな感性と論理的思考の融合こそが学問であるという考え方です。

哲学者プラトンは、この教育プログラムについて、これらは強制的に学ばせるのではなく、本人の自由意思で学ぶべきものだと主張しました。ヤマザキさんが「現代人は過去の偉大な達人の言うことをちっとも聞かない！」と憤慨していましたが、私も同感です。こうしたリベラルアーツの裾野の広がりが、やがて十四世紀ヨーロッパで始まったルネサンスへと発展していったのです。

これから私たちがどう生きるかを知るには、環境問題であれ、政治問題であれ、過去から学ぶ必要があります。私たちに与えられた人生は、働いてお金を稼ぐことではなく、社会の中で様々な価値観に触れて視野を広げ、失敗や挫折を含めて生きるとはどういうことかを学ぶことで、充実させることができます。

私たちは、レオナルド・ダ・ヴィンチやアッシジの聖フランシスコ（私のヒーロー）、河鍋暁斎（私のピカソ）など、不遇な天才たちについて長い時間話しましたが、とくに社会のルールに従わず多くの犠牲を払って自分の道を進むことは、深い孤独をもたらすということに言及しました。その孤独が何かを生み出すエネルギーになるのだというヤマザキさんの主張は、とても説得力がありました。なぜなら、彼女自身がそう生きてきたからです。対話を始めてすぐに、自身の経験から導き出される彼女の言葉には、確かな身体性があると私は感じていました。

自身を拘束する価値観に抗い、常に新しい領域に踏み出そうとしているヤマザキさんの生き方には、伝染性があるように思います。そのような冒険を求める精神は、作品を通じて否応なく私たちの中に入ってきて、学ぶ楽しさを教えてくれます。漫画を通じて私たちに世界を開くことを教えてくれたヤマザキマリさんからは、まだまだたくさん学ぶことがあると思っています。また機会があれば、何時間でも一緒にお話ししてみたいです。そして今回、パンデミックのさなかでありながら、私の敬愛するヤマザキさんとの対話をセッティングしてくださった編集者やスタッフの方に、心から感謝を申し上げます。

二〇二二年十二月

ニコル・クーリッジ・ルマニエール
（マサチューセッツ州マーブルヘッドの自宅にて）

初　出

Dialogue

失敗や破綻はすべて過去に書いてある
ヤマザキマリ×ニコル・クーリッジ・ルマニエール

—

「すばる」2022年5月号
単行本化にあたり、新たな取材を加えて構成しています。
収録は、2022年に3回に分けてオンラインで行いました。

Manga

美術館のパルミラ

—

ルーヴル美術館特別展
「ルーヴルNo.9 ～漫画、9番目の芸術～」にて発表

Essay

人類を救う（かもしれない）ヤマザキマリの七つのヒント

—

書き下ろし

装 画
ヤマザキマリ

装 丁
古屋郁美

—

編 集 協 力
定村来人、内田ひろみ

構 成
宮内千和子

ヤマザキマリ

—

1967年東京都生まれ。漫画家・文筆家・画家。東京造形大学客員教授。84年に渡伊、フィレンツェの国立アカデミア美術学院で美術史、油絵を専攻。2010年『テルマエ・ロマエ』で、第3回マンガ大賞、第14回手塚治虫文化賞短編賞を受賞。15年度芸術選奨文部科学大臣新人賞受賞。17年イタリア共和国星勲章コメンダトーレ受章。漫画作品に『スティーブ・ジョブズ』、『プリニウス』(とり・みきと共著)、『オリンピア・キュクロス』など。評論・エッセイに『ヴィオラ母さん　私を育てた破天荒な母・リョウコ』、『たちどまって考える』、『ムスコ物語』など。

ニコル・クーリッジ・ルマニエール

—

英セインズベリー日本藝術研究所の創設者・初代所長。現セインズベリー日本藝術研究所研究担当所長、およびイースト・アングリア大学日本美術文化教授。1998年米ハーバード大学博士課程修了。2019年大英博物館にて開催された「マンガ展」の主任キュレーターを務めた。

人類三千年の幸福論
ニコル・クーリッジ・ルマニエールとの対話

2023年5月15日　第1刷発行

著　者　　ヤマザキマリ

発行者　　樋口尚也

発行所　　株式会社集英社
〒101-8050　東京都千代田区一ツ橋2-5-10
電話　03-3230-6100（編集部）
03-3230-6080（読者係）
03-3230-6393（販売部）書店専用

印刷所　　大日本印刷株式会社
製本所　　株式会社ブックアート

ISBN978-4-08-771819-5 C0095

ヤマザキマリのコミックス

オリンピア・キュクロス

全7巻

古代ギリシャの青年デメトリオスは、壺絵師見習いの“草食系オタク”。ある日、村の争いに巻き込まれて思い悩むうち、なぜか“1964年のオリンピックに沸く東京”にタイムスリップする。マラソンランナーの円谷幸吉との出会いを経て、再び古代に戻ったデメトリオスは、抜群の運動神経を見出され、村の復興のためにオリンピア大祭で優勝することを命じられるが……。漫画家の手塚治虫や哲学者のプラトンなど、時空を超えてさまざまな人物との邂逅を重ね、やがてデメトリオスは疫病や貧困、戦争などの災禍から故郷を救うヒーローに!?　人間の叡智に触れるタイムスリップ・コメディ。

<ヤングジャンプ コミックス GJ>

ヤマザキマリの本

ヤマザキマリ対談集
ディアロゴス Diálogos

私たちが「善く生きる」ための道を賢者たちとの対話（ディアロゴス）で示す、ヤマザキマリ初の対談集。漫画のみならず、TVコメンテイター、文筆活動など縦横無尽に活躍するヤマザキマリ。世界各国を渡り歩いて得た知見は、歴史、文化、スポーツ、科学、政治、経済、宗教などありとあらゆる分野に及ぶ。その彼女が多彩な識者との連続対談に挑んだ。養老孟司、竹内まりや、中野信子、釈徹宗、棚橋弘至、パトリック・ハーラン、中村勘九郎、平田オリザ、萩尾望都、内田樹、兼高かおる。11名との「対話」によって、コロナ禍に翻弄される寄る辺なき世界の行方を探っていく。

<集英社学芸単行本>